文春文庫

百　花

川村元気

文藝春秋

百花

1

ドアを開けると黄色の空が広がっていた。

雲ひとつないが太陽も見当たらない。坂を下り突き当たりの角を左に曲がる。急がなくては。泉がもうすぐ来るのだ。似たかたちの一軒家がゆるやかな坂道に沿って連なっている。どこからともなくピアノの音が聞こえてきた。シューマンのトロイメライ。何度も二小節目で引っかかる。そうか今日はピアノレッスンの日だった。美久ちゃんドとファを丁寧に弾いて。いけないいもうレッスンが始まる時間だ。でもその前に行かなくては。どこに？　どこにわたしは向かっているのか。ああそうだ駅前のスーパーマーケットだ。今夜泉が来る。あの子の好きなハヤシライスと甘い卵焼きを作ってあげるのだ。大きなトマトも添えて。マヨネーズまだあったかな？　念のために買っておかなきゃ。そろそろ泉が駅につく時間だ。買い物をすませなくては。急ぎ足で行こう。靴底がアスファルトの坂道をたたく音が誰もいない夕方の通りにひびいている。目の前にブランコが見えた。さっきまで子どもが遊んでいたのだろうか。錆びたチェーンが揺れている。急な階段の脇にある小さな公園。使い込まれたすべり台にシーソーとブランコ。長い下り階段の先には線路があって赤い電車が音もなく走っていく。たんぽぽ色の空の下に敷きつめられるように建てられた団地があった。その先にあるはずの海は霞んでいてよく見えない。百合子どうするんだ。振り返ると父がいた。落ちついてちゃんと考えるのよ。母がハンカチで目をぬぐう。お父さんお母さんごめんなさい。でもこの子とは離れられない。口を動かすが言葉は音にならず乾いた空気が漏れるだけだった。どうしてもと言うならしかたがない。父は目をつむり背を向ける。母もそのあとをついていく。追いかけたいのだけれど足が動かない。どうすればいいのだろう。だれか助けて！　父と母の後ろ姿が見えなくなるとブランコにへたり込み錆びたチェーンを揺らしながら空を眺めた。ピシッとガラスが割れるような音がして黄色の空にヒビが入る。空の裂け目からのっぺりとした白が見えた瞬間に地面がうねるように揺れた。遠くに見えていた団地がドミノ倒しのように次々とくずれ落ちていく。いずみ……名前が口を衝いて出る。泉！　泉！　くりかえし叫ぶ。ああ……もう泉が駅に着く頃だ。でも浅葉さんがわたしを待っている。行かなくては。彼は待っているのだ。たまねぎと人参と牛肉を買わなくちゃ。マヨネーズも。でも間に合わない。美久ちゃんのピアノレッスンの時間だ。トロイメライの第二小節。ドとファを丁寧に弾いて。お父さんお母さんごめんなさい。真っ白な裂け目が入った空がみるみるうちに暗くなっていく。灰色がかった黄色の上に花火がひとつふたつと上がった。なぜか上半分しか見えない不思議な花火。次々と光る半円を見ていると涙が溢れてきた。

どうしてこんなに綺麗なんだろう。

＊

家に帰ると、母がいなかった。

古びた一軒家の玄関で靴を脱ぎながら、葛西《かさい》泉は母を呼んだ。暗い廊下に声が響き、先に見える居間の電気も消えていた。二階にもひとけはなく、家の中は冷え切っていて外よりも寒く感じた。泉はダウンジャケットのファスナーを上げる。温かさを期待して駅から歩いてきた体が小刻みに震えていた。

生臭い匂いが鼻をつく。母が夕食の支度をしているはずの台所は空っぽだった。蛍光灯をつけると、小ぶりなシンクには汚れた食器やグラスが積み重なっていた。ガスコンロの上には、白菜が残った鍋がそのまま置かれている。几帳面な母にしては珍しい。母はこまめに洗い物をする人だった。

幼い頃、母が体調を崩して寝込んだ時だけ泉は食器を洗った。小学校から帰るとすぐ、台所に椅子を持ち込んで背伸びをしながらスポンジを泡立てた。たいそうな仕事をしたかのように報告する泉に、すごいね泉ありがとう、と母はベッドから身を起こして言った。

嬉しくなって翌朝も食器を洗った日があった。手がすべった、と思った時には遅かった。それは母が若い頃に旅先の九州で手に入れて、十年以上大切に使ってきた茶碗だと聞かされていた。音で駆けつけ、シンクで真っ二つになっている茶碗に気付いた母は、だいじょうぶ？　怪我しなかった？　と泉の手を取った。人差し指の先に、てんとう虫が留《と》まったかのように丸く血が浮き上がっていた。あ、と泉が声を漏らすのと同時に母が指を口に含んだ。生温かい唾液に指先が包まれたとき、急に申し訳なさがこみ上げてきた。

台所と仕切りなくつながっている居間で、蛍光灯、エアコン、テレビのスイッチを立て続けに入れる。居間の中央には使い込まれたグランドピアノが主役のように据えられており、その脇に控えめなサイズのテレビとオーディオが置かれている。

母の生活の中心には、常にピアノがあった。私立の音楽大学を出たあとピアニストとして小さなコンサートを開きつつ、生計を立てるためにホテルのラウンジなどで演奏していた。泉が生まれた後は、安定した収入を得るためにピアノ教師として働き始めた。美人で教え方が上手な先生、という評判はすぐに近隣に広まり多くの生徒が集まった。

泉も母に習っていたが、ピアノを教える母は別人のように厳しかった。ピアノの時のお母さんは怖い。小学校に入ったばかりの頃に、もうやめたいと伝えると、私の教えることなんて気にしないで弾けばいいのにと母は寂しそうな顔をした。けれども、音楽は自由なものだからね、と言って咎《とが》めなかった。

煤《すす》けたエアコンが、唸りながら生ぬるい風を吐き出す。少し黴《かび》臭い。母の携帯電話を鳴らすが、六、七度の呼び出し音のあと留守番電話に切り替わった。

窓際にはフォトフレームに入ったスナップ写真が置かれている。浴衣を着た泉と母が、旅館の入り口の前で並んでいる。二年か、三年前か。それよりさらに前かもしれない。珍しくふたりきりで写真を撮った。あの日、母は旅館の部屋で出された大ぶりな伊勢海老の刺身を食べながら、おいしいね、また来たいね、と何度も繰り返した。あまりにしつこいので泉が、もうわかったからと煩わしそうに返すと、少し悲しそうな顔を見せた。

食卓に座り、ぼんやりとテレビを眺めていたら、あっという間に一時間近く経っていた。小さな庭の先に見える紫色の空を、巨大な団地が遮《さえぎ》っている。その窓に光がぽつりぽつりと灯り始めると空腹を感じた。母はまだ帰らない。この時間に来ることは伝えていたのに。外はもう薄暗く、人影はない。

二階に上がり、自分の部屋にあるベッドの上にリュックサックを置いた。高校生の時から使っている安物のパイプベッドが軋《きし》む。本棚を見ると、いくつかの漫画本と、洋楽のＣＤが並んでいた。脇には古いエレキギターが埃をかぶったまま置いてある。中学生の時に買ってもらった、焦げ茶色のテレキャスター。大学四年までバンドサークルで弾いていたが、結局最後まで満足のいく演奏はできなかった。

急な木製の階段を、体を屈ませながら降りる。居間のソファに投げかけてあった母のマフラーが目に付く。ふと嫌な予感がして、そのまま玄関に向かった。キャンバス地のスニーカーをつま先で引っ掛け、薄いドアを開けて外に出た。


緩やかな坂を下り、突き当たりの角を左に曲がる。母はどこに行ったのだろうか？思わず小走りになる。寒さを紛らわすにはちょうどよかった。街灯に照らされた息が白い。年の瀬を迎えた街並みは、いつもより光を増しているように見えた。坂に沿って並ぶ一軒家の窓はいずれも乳白色に光り、テレビの音が漏れ聞こえてくる。

駅への近道となる急な階段を降りようと、泉は路地に入った。階段の手すりに手をかけた時に、脇にある公園のブランコが揺れていることに気づく。

弱々しく光る街灯の下に、百合子がいた。

ぎいぎいと揺れるブランコに腰かけ、遠くに広がる夜の街を眺めている。驚かせないように、そっと近づく。ほんのりと光る横顔には皺が入り、否応なく老いを感じさせたが、同時に少女のような無垢さがあった。すぐそばまで来ているのに、まだ泉に気づかず白い光に目をやっている。美しい夢を見ているかのように微笑んでいた。

「母さん、こんなところでなにしてるの？」

微《かす》かな声で訊ねた。まだ息が切れている。

「わたし……帰らなきゃ」

みずからに言い聞かせるかのように、百合子は呟いた。

「え？」

「帰らなきゃ、いけないの」

「どうしたの？　母さん」

「あ、ごめん……泉」

百合子がやっと泉の目を見た。潤んだ艶のある瞳に困惑した。見たことがない、母の顔だった。

「びっくりしたよ。家にいないからさ」

「ごめんね。スーパーで買い物をしていたら、なんだか疲れちゃって」

そう言う百合子の手には何もない。

「こんなところいたら風邪引くよ」

泉はブランコの横まで歩み寄ると、ダウンジャケットを脱いで、百合子の肩にかけた。

母は綺麗にアイロンがかけられた白いブラウスの上に、紺色のカーディガンを重ねていただけだった。この季節にしてはあまりにも薄着だ。

「どうする？　家に帰って温かい紅茶でも飲む？」

「たまねぎと人参、あと牛肉も買わないと……」

「じゃあ、一緒に駅前のスーパーに行こうか」

うん、と子どものように頷《うなず》き、百合子はまた眼下の街に目をやる。左右に長く伸びる線路の上を、赤い電車が走っていく。大晦日の夜だからか乗客の姿は見当たらず、妙にゆっくりとしたスピードでふたりの視線の先を横切った。


駅前には、ちょっとしたアミューズメントパークのようなスーパーマーケットがある。四年前、小さな商店しかなかったこの街に大型チェーン店が乗り込んできた。食材から医薬品、日用雑貨、家電や衣服まで揃えているこの店にスーパーマーケットという呼称はふさわしくないのだが、デパートやショッピングモールと呼ぶのもしっくりこないらしく、百合子は「駅前のスーパー」と呼んでいた。

あと数時間で年越しを迎える食料品売り場は、がらんとしていた。先をいく母は心なしかいつもより歩くのが早い。ちょっと待ってよ。泉はカートを押しながら、急ぎ足で母の背中を追いかける。棚を見ると、麴の調味料や抗体を作るヨーグルト、グルテンフリーやスーパーフードをうたった食品が並んでいる。しばらく来ないあいだに、ずいぶん品揃えが変わっていた。

泉の住む都心のマンションの近隣にはまともなスーパーマーケットがなく、食材や日用雑貨をインターネットで注文して宅配してもらうようにしていた。ショッピングサイトの人工知能は良くできていて、今まで自分が買ったものや、次に買うべきもの、おそらく好みであろうものを的確に選び、おすすめとして画面に表示してくれる。その推薦に従ってクリックしていけば、買い物はいつのまにか終わっている。

百合子は棚から棚へと忙《せわ》しなく歩き、これも要るわね、あれも買わなくちゃ、などと口にしながらトマトや人参を臙脂《えんじ》色のかごに入れていく。どれも余分に見えて気がかりだった。

百合子が一番高いウィンナーソーセージをかごに入れた。こっちでよくない？　泉が安いものを指差すと、子どもの頃あなたがこれじゃないと嫌だって泣いたのよ、と母は諭すように言った。そんなわがままなこと言ってた？　全然覚えてないなあ。

「あなたは昔からそう。なんでも、すぐ忘れちゃうんだから」百合子はハヤシライスのルウにも手を伸ばす。「ハヤシライスと甘い卵焼き作るね。今日は、泉の大好物だけにしてあげるから」

かごを満杯にしてレジの前に置くと、泉はクレジットカードを店員に差し出した。百合子はその手を制して、ポケットから財布を取り出す。

泉が海外の免税品店で買ってきた有名ブランドの革財布が、どら焼きのように膨らんでいる。開くと、紙幣をいれるスペースがレシートだらけになっていた。いつも買い物から帰るたびに財布の中身を整理していたのに、いま小銭入れには硬貨がパンパンに詰め込まれている。泉が思わず財布から目を離せずにいると、最近どうも計算できなくて、すぐお札を出しちゃうから小銭が増えて困っちゃう。目を伏せながら、百合子は恥ずかしそうに財布を閉じた。

「ちょっと五階行ってきていい？」

レジ袋に野菜を詰めた後、泉は言った。不細工な形をした袋が倒れそうになり、慌てて手で押さえる。

「なにかいるの？」

百合子が詰めたレジ袋は几帳面に食材が配置され、綺麗な円形を描いている。

「家寒くてさ。暖かい下着買おうかなと」

「ごめんね、エアコン調子悪くて」

「いや、俺が寒がりなだけ」

「泉はほんとうに寒いの苦手よね」

まあね、と思わず笑う。昔から、寒いのも暑いのも苦手だ。小学生の頃、僕は暖かいのと涼しいのが好きなんだ、と言って母に呆れられたことがある。

「母さんの分も買ってこようか？」

「気を使わないでもいいわよ。わたしも他の買い物してるね」

　エスカレーターで四つ上のフロアに上がり、目当ての防寒着を探す。整頓された店内を歩きながら、ほっとしている自分がいることに気づいた。母と会って一時間も経っていないのに、すでに息苦しさを感じていた。並んで歩いても、どこか居心地が悪かった。

　就職が決まり、家を出てからもう十五年が経った。一時間半ほどの距離にいながらも次第に足は遠のき、今は年に二回ほど帰るだけだ。さすがに年末年始は母ひとりにするのも忍びなく、ふたりで過ごすのが恒例となっているが、特にここ数年は会話も弾まず一方的に頷くだけで、百合子との時間をどうやり過ごすかに苦心している。小さな頃は自分の話ばかりしていたのに、あの時を境に逆転してしまった。

「極暖」と太字で書かれた防寒着を手に取る。サイズと色を確認していると、隣にあるレディースの棚が目に入った。揃いのものを買うことに妙な気恥ずかしさを感じたが、女性用を二枚取りレジに向かった。

　エスカレーターを下りると、スーパーマーケットの入り口に白いアマリリスの花を手にした母がいた。肌がとても白く、子どもの頃に見ていた母の顔に戻ったかのようだった。入学式や授業参観のたびに、泉くんのお母さんは綺麗だね、と先生や同級生に言われることが誇らしかったことを思い出した。

ごめん待った？　泉がゆっくりと近づくと、百合子は言葉の代わりに首を振った。卵形の小さな顔が、一輪の花の上で優しく微笑んでいた。

家に入ると、汚くてごめんと言いながら百合子は居間に散らばった郵便物を片付け始めた。気にしないでいいよと、泉は花のラッピングをはがす。食卓に置かれた花瓶には、枯れかけたアネモネが挿さっていた。茶色く萎《しお》れた花びらが数枚落ちている。母は花瓶に生花を切らすことがなかった。泉はアネモネを抜き、黄土色に濁った水をシンクに捨てた。透明な水のなかに生き生きとしたアマリリスが挿されると、途端に部屋が明るくなったような気がした。

百合子は取り込んだ洗濯物を畳み始めていた。泉は台所で、レジ袋から取り出した食材を冷蔵庫に収めていく。中にはラップされた食べ残しが、所狭しと詰め込まれている。野菜室には水気がなくなったほうれん草と人参。奥には、すっかり黒くなったバナナが横たわっていた。炊飯器の横には食パンが二斤置かれてあり、いずれも手がつけられた様子がなかった。レジ袋の中から新たに買った食パンを取り出し、泉は居間にいる母に声をかける。

「母さん、食パン買いすぎ」

炊飯器の横に並んだ三斤を指差す。

「最近やっちゃうのよね」

百合子は、正方形に折り込まれたバスタオルを重ねながら苦笑する。

「昔からそうだよね、母さんは」

「そうね、今に始まったことじゃないか」

これ泉がおいしいって言ってたから、と冷蔵庫の中に同じヨーグルトやハムを入れている母の姿を何度も見たことがある。それに特売品だったのよ。

泉と入れ替わりで台所に立ち、百合子がエプロンをかける。シンクで米を研ぎ、小さなコンロをうまく使いながらハヤシライスと卵焼きを並行して作っていく。鍋を火にかけると、レタスを洗い、トマトをカットする。

日中はピアノを教え、夜はパートの仕事で忙しかった母は、とにかく料理を作るのが速かった。台所に入ったと思ったら、いつのまにか何品もできている。ひとり暮らしを始めてから、泉も挑戦したことがあったが、複数の料理を同時に作ることがどうやってもできなかった。あれは手品のようなものだ、とその時思った。

なんか手伝おっか？　泉が声をかけると、テレビでも見ててと百合子はまな板から目を離さず答えた。デミグラスソースの香りを嗅ぎながら、ソファに横たわり紅白歌合戦を見る。揃いの赤い帽子を被ったアイドルグループが、やたらと高い声で女性演歌歌手にエールを送っていた。演歌歌手は嬉しいのか迷惑なのかよくわからない笑顔を見せている。

母と紅白を見るのは何度目だろうか。この家に引っ越して来たのが中学三年生のときだから、もう二十回以上にはなるはずだ。あと何回、あるのだろうか。十か二十か、三十を超えるということは難しいかもしれない。とうに折り返し地点を過ぎた親子であることに気づく。

今年の紅組は最強のメンバーが揃っています、朝ドラに出ていた女優が声を張る。男女を紅白に分けて勝敗を決めるルールで進行されていることを、すっかり忘れていそうな視聴者に繰り返しアピールしている。

女優の舞台裏なんてこんなもんだよ、と言った上司のしたり顔が浮かんだ。泉は仕事でこの女優に会ったことがある。数年前、映画の主題歌に決まったアーティストのミュージックビデオに出演してもらった時のことだ。泉はアーティストの宣伝担当として、撮影現場に立ち会っていた。衣装合わせの時も撮影中も、彼女はほとんど言葉を発さなかった。必要最低限の挨拶と返事、役に応じたいくつかのセリフ。能動的な会話はひとつもない。テレビで見ている印象だと明るく元気な若手女優だったので、レコード会社のスタッフはみな戸惑っていた。慣れない音楽の現場にいきなり連れてこられて気の毒だと、あの時は思った。けれども、今テレビの中で声を張っている彼女を見ていると芝居を楽しんでいたようにも感じた。スクリーンの中で溌剌《はつらつ》と笑う彼女、あの時ひと言も話さずに俯《うつむ》いていた彼女。どちらも、この女優にとっては楽しい劇のようなものなのかもしれない。ごはんできたよ、という母の声が背後から聞こえた。

濃厚なルウが白く光る米にかけられ、ハヤシライスから湯気が立ち上っている。コンソメスープのなかでざっくりとカットされた蕪《かぶ》が揺れる。新鮮なトマトとレタスのサラダ、甘い卵焼き、紫色が美しいナスの揚げ浸し、人参と切り干し大根の煮物。食卓の上が母の手料理で埋まる。膾《なます》や鰊《にしん》の煮物など、年越しに欠かせない料理もある。

「やっぱり手品だね」

泉は、椅子に座りながら言う。

「なにが?」

百合子は、箸を並べながら訊ねる。

「いや、いつの間にこんなにたくさん作ったの?」

「多かった?」

「いやおいしそう」

「あ、でも今年はラクしてるのよ。鰊とか切り干し大根は出来合いを買っただけ。ごめんね」

「謝らなくていいよ」

「ほんとは全部、手作りしたいんだけど……」

「そんなこと気にしなくていいから」

「ごめん」

「だから……」

「そうね、食べましょう」

いただきます、と声を揃える。テレビの中では、並んで座る審査員たちに次々とマイクが向けられていた。高揚したアナウンサーの声が居間に響く。食事中はいつもテレビを消すが、年末だけは見ても良いというのがふたりのあいだのルールとなっていた。

ハヤシライスのなかに入った玉ねぎは甘く、人参は芯を少しだけ残した絶妙な硬さで赤茶色のルウに絡んでいた。ライスと一緒に口に含むと、かすかな酸味のあとに、デミグラスソースの甘みが舌の上に広がる。スプーンが止まらず、ふうふう言いながら食べ続ける。お母さんのハヤシライスが一番好き。夕食を待ちきれず、台所を覗いていた頃の記憶が蘇ってくる。

気づけば皿の上は少しの米を残すのみとなっていた。おかわりする？　と聞かれ、泉は黙って頷いた。百合子は皿を持って、台所へと向かう。紅白歌合戦は終盤となり、男性アイドルグループがステージに投映される派手な映像とともに歌い踊っていた。絶叫に近い歓声が客席から上がる。司会者が、最新の映像技術を駆使したステージですとアナウンスするが、なにが最新であるかの説明は無い。

食べ終わる頃、雪に覆われた寺がテレビに映し出された。アナウンサーがあと数分で新年であることを伝える。ふと他のチャンネルが気になり、泉はリモコンのボタンを押す。今年ブレイクしたお笑い芸人やアイドルグループに挟まって、ニュースキャスターやスポーツ選手の顔が次々と映し出される。そのどれもが騒がしく思え、すぐ元に戻した。いつ新年になるのかを確認できれば充分なんだけどねえ、と泉の気持ちを察したかのように百合子が言った。

テレビから聞こえる鐘の音で、新年を迎えたことを知る。

「あけましておめでとうございます」

百合子が頭を下げた。おめでとうございます、と泉が合わせる。年に一度の敬語。泉が照れ笑いを浮かべていると、百合子は今年もよろしくね、と微笑んだ。

会社の後輩や友人たちからの挨拶メールで、スマートフォンが震える。実家に帰っている香織に短いメールを打つと、「おめでとう。お母さんと仲良くね」と即座に返信がきた。

「香織さん、元気？」

それを見ていたかのようなタイミングで、百合子が訊ねる。スマートフォンに目を落としながら、元気だよ、母さんによろしくって、と答えた。そう、久しぶりに会いたいわ。

「えっと、母さん何歳になったっけ？」

話をそらそうと、テーブルの上に残った鰊をつまみながら訊ねた。

「やめて。数えたくもない」

百合子は空いた皿を重ねながら、首を振った。

「でも、今日はそういう日じゃない」

「この歳になると、もう関係なくなるわよ」

「六十九か」

「六十八」

「あ、ごめん」

「毎度のことだから気にしないわよ」

泉は苦笑しつつ、母の顔を見た。百合子の目が、食卓の上の皿から自分の顔に移るのを待って口を開いた。

「母さん、誕生日おめでとう」

母は元日生まれだ。泉と百合子は毎年ふたりで年を越し、誕生日を祝ってきた。

「わたしの誕生日は誰も忘れないけど、いつも忘れられるのよ」

彼女が元日に生まれたことは、皆忘れない。けれどもいざ当日となると、誰からもお祝いの言葉は届かない。誕生日を祝おうにも人は呼べないし、レストランも閉まっている。ケーキの代わりにおせちだし、プレゼントが神社のお守りだったこともある。誕生日について問われた時、いつも百合子は一月一日に生まれたことを恨む言葉を重ねた後に、あけましておめでとうに、お誕生日おめでとうが負けてしまうの、と笑いながら締めくくった。

百合子にとって、唯一救いだったことがある。彼女には一月一日生まれの幼なじみがいた。同じ日に生まれたふたりは、運命に導かれるように親友になった。

泉が母からこの話を聞いたのは、十一歳の時だった。

その日、生まれて初めて母に誕生日プレゼントを渡した。前日の大晦日、何にするか悩んで商店街を彷徨《さまよ》った末に、水仙を一輪買った。夜の花屋に、それしか残っていなかった。細長い包みを受け取った百合子は、ありがとうと漏らすように言うと足早にリビングを出て行き、しばらく戻ってこなかった。

花は失敗だったのかもしれない。泉は不安になった。やはり母が好きなシュークリームにすればよかった。悔やんでいると、目を赤くした百合子が戻ってきた。

「どうして白い花にしてくれたの？」母は泉に訊ねた。「わたしがいちばん好きな色」「残ってた最後の花だったんだ」正直に伝えた。「でも自分では決められなかったと思うから」と付け加えた。

「今日が誕生日で、よかった」

母はふたたび漏らすように言うと、窓際に並べられた数々の写真のなかから高校生時代のものを手に取り、幼なじみのことを語り始めた。

百合子と親友は、元日にふたりだけの誕生日パーティを開き、プレゼントを交換した。初詣に行き、劇場で正月映画を楽しんだ。どこか選ばれたふたりのような気がした。占いを見る。未来に待ち受ける幸せも、不幸せも共にしていたはずだった。

けれども十七歳の春、彼女は唐突に交通事故で死んでしまった。悲しさよりも、途方にくれる気持ちのほうが強かった。葬式に行っても実感が湧かない。ただ、ぴったり同じ時間を生きた人間がこの世界からいなくなってしまったことに、自分の一部が損なわれてしまったような気がした。それ以来百合子は、雑誌で読んでもテレビで見ても占いを信じられなくなった。

「同じ運命だった人が先に死んでしまったのだから、もはやなんの意味もないとずっと思ってた。でも泉にお祝いしてもらえるなら、誕生日の意味が変わるわ」

百合子は微笑み、ありがとう泉、と言いながら白い水仙を透明なグラスに挿した。

毎年、元日を迎えるたびに泉は母にプレゼントを贈った。ハンカチやティーカップ、ポーチやペンダント。百合子は、泉に花をもらったその日から常に一輪の花を活けるようになった。ふたりでいる時はなにかの約束のように絶えず花があり、花瓶から色が途切れることは一度もなかった。あの時を除いては。

「それにしても」

母の声で、ぼやけた銀色に焦点が合う。飲み続けたビールはすでに六缶目となっていて、空き缶が光る昆虫のように目の前に転がっている。

「どうしたの?」

「いつものことだけれど」

「なにが?」

「やっぱり誰からも連絡が来ないわ」

百合子はそう言うと、去年秋に買ったばかりのスマートフォンを振る。使い方がわからないと、何度もメールで泉に問い合わせがあった。

「朝になったら、お祝いメールが届くよ」

泉は、母の顔を改めて見る。

「そうね。忘れられていないといいけど」

微笑む母の目は、ふたたび潤んでいた。恋する少女のような美しさを湛《たた》えている。それがどこからもたらされているのか、泉には知る由もなかった。

2

夜空に流れていく雲のようだった。

「だいたい六センチ。キウイフルーツと同じくらいですね」

医者がエコー検査のモニターを見ながら、器具を少し膨らんだ腹部にあてて動かした。泉は湾曲した肌の上をすべる機器を見つめる。画面のなか、渦巻いていた雲がヒトのかたちを象《かたど》る。

「キウイ、ですか」

診察台の上で仰向けになっている香織が、六センチ大を測るように親指と人差し指を広げた。泉はその指先に視線を移す。診察室の壁はシミひとつなく白く、かすかな薬品の匂いがする。菜の花の写真が載ったカレンダーだけが、そこに色を付けている。

「うーん、もうちょっと小さいかもね。イチゴくらいかな」

「イチゴ……」香織が、指の隙間を少し縮める。「いずれにせよ、大きさの例えはフルーツなんですね」

「そうだねえ、他にいいのが思いつかないんだよ。なんかある？」

「マカロンとか、シュークリームとか？」

「ちょっと甘すぎるかもねえ」

小太りの産婦人科医は、声をあげて笑った。医者というよりは、コックのような風貌の中年男性。

「そうですね、なんだか太りそうだし」香織も重ねるように笑う。「じゃあテニスボールとか、ピンポン玉は？」

「そりゃ名案だ。こんど使ってみよう」

産婦人科医は嬉しそうに人差し指を立てた。彼の白衣はオーバーサイズで、手を下ろすと指先まで隠れてしまう。

「順調なんでしょうか？」

黙ってふたりのやりとりを聞いていた泉が横から訊ねる。

「ああ、ごめんね。心配だよね」産婦人科医がモニターを指差す。「ほらとても元気に心臓が動いています。お二人のピンポン玉は元気ですよ」

ほっとしました、と掠《かす》れた声を発し、泉は香織を見た。横たわっていた彼女が、よかった、と口だけを動かし泉の手を握る。

ヒト形の雲が、ゆっくりと動いている。その中央にある小さな心臓が、弾かれたように脈打っていた。そこに命があるということがまだ実感できなかった。もうすぐ父になるということも。

「楽しみだね。半年後には、お父さんとお母さんだ」

器具のジェルを拭き取りながら、産婦人科医は人懐こい笑顔を見せた。泉は礼を言いながら立ち上がり、白いドアを開けた。

その時、誰かに呼ばれたような気がして振り返った。エコー検査のモニターが目に入る。けれども、もうそこには夜空も渦巻く雲も映し出されてはおらず、ただ暗闇があるだけだった。

「そんな毎回来なくていいよ。仕事もあるでしょ」

病院を出て、最寄りの駅から電車に乗ると香織は言った。午後の総武線は乗客もまばらで、泉と香織は並んで座っている。

「え、そういうもんじゃないの？」

泉は拍子抜けした声を出し、香織の横顔を見た。彼女の視線の先は、窓外の桜並木にある。春になるとピンク色に染め上げられる木々も、今は灰色の枝だけになっている。

「純のうちは、旦那さん一回も来なかったって」

「それはひどいね」

「でも多いみたいよ、産婦人科苦手な男の人」

「そっか」

「気持ち、わからなくもないけど。毎回すごく待たされるじゃない。つわりもあるのに半日近くいなきゃいけないし」

香織の手が、濃紺の革バッグの端を握っている。つわりがひどい時、彼女はいつもそうする。大丈夫？　と泉が声をかけると、うん平気、と彼女は鞄の中から紙パックのりんごジュースを取り出し、一気に飲み干した。常に持ち歩いている「つわり止め」。バッグにマタニティマークはまだ付いていない。なんだか気恥ずかしい、と言ってなかなか使おうとしない。

「でもさ、一生に一度か二度あるかどうかのことだからね」

電車はスピードを上げて釣り堀を横切る。平日の昼間にもかかわらず、多くの釣り人が詰めかけていた。一様にビールケースの上に座って、長方形に区切られた堀の中に釣り糸を垂らしている。遠目からは魚が釣れているように見えない。

「泉、がんばりすぎてる気もするけど。無理してると続かないよ」

香織はりんごジュースの紙パックを折り畳みながら言う。紙のものを捨てる時の、彼女の癖だ。弁当の包み紙、使い終わった紙ナプキン、割り箸の袋。なんでも小さく折り畳む。

「無理してないよ」

泉の言葉と同時に、堀の上にある駅に電車が止まった。ただ、何もわからないからこそ全部やってみようかなって。黄色とオレンジの電車に挟まれた狭いホームで、先を行く香織の後頭部に向かって声を張る。

改札を抜け、横断歩道を渡る。チェーンの珈琲店、レコードショップも兼ねた書店、牛丼屋やコンビニエンスストアが雑多に立ち並ぶゆるやかな坂道を歩いていく。

「案外はっきり見えるものなんだね」

泉はウールのコートの襟を立てながら言った。正面から、冷たい向かい風が吹きつけてくる。

「なにが？」

香織は泉を見ながらバッグを肩にかけ直した。坂道は頂上に近づくにつれ、勾配がきつくなる。バッグを引き受けようと手を伸ばしたが、香織は首を横に振る。彼女は泉に荷物を持たれるのを好まない。

「赤ちゃんのエコー写真」

「そうだね。でも３Ｄ写真とかもあるらしいよ」

「なにそれ？」

「赤ちゃんが立体的に見えるみたい。すごくリアルなんだって。それに最近は4Dとかも出てきたって」

「四次元？　どういうこと？」

「立体的に見えて、さらに動画」

そりゃすごい。泉が唸ると、映画みたい、と香織は笑う。でも四次元とはちょっと違うよね。坂を登りきって右に曲がる。正方形の窓に区切られた、鼠色の巨大なビルが見えてくる。坂の上は日が当たっていて、いくぶん暖かい。

「でも可愛らしいから、はっきり見たい気持ちもわかるよな」

「ほんとにそんなこと思ってるの？」

「思ってるよ」

「なんか、宇宙人みたいじゃない？」

ひどいこと言うなよ、と泉は眉間に皺を寄せる。香織はひと息つくと、続けた。

「エコー写真でかわいいとか、わかるはずないでしょ」

「相変わらずドライなんだから」

「そうかな？　結構そういうひとも多いと思うけど。みんな言わないだけで」

「そんなもんかな」

泉と香織はそろって、鼠色のビルに入る。自動ドアが開くと、制服を着た受付嬢が双子のように並んで座っていた。ふたりとも手元のパソコンに目を落とし、必要な時だけ顔を上げて機械的な挨拶をする。あれじゃあロボットの方がマシだよな、と同僚がよく零している。受付の横には大きなビジョンがあり、ちょうど泉が今担当している若手ヒップホップ歌手のミュージックビデオが流れていた。映像は凝っているのだが、歌詞がまったく耳に入ってこない。完成した時には手ごたえがあったはずなのに。

「お義母さんにはいつ言うの？」

一階のカフェスペースを横目で見ながら奥に進み、エレベーターに乗り込む。三階と五階のボタンを押すと、香織が振り向いた。

「そうだね。そろそろ安定期に入るし、言わないと」

「私もいつまでにしようかな……」

「なにが」

「仕事。なるべくぎりぎりまで働きたいんだけどね。休んでも特にすることないし」

香織が肩をすくめる。直属の上司と人事部には、すでに妊娠したことは伝えてあった。

「こないだ言われちゃったよ」

「何を？」

「お前が産めよって」

「どうして？」

「香織ちゃんの方が仕事できるんだから、お前が産んで育てろよって」

ひどい、と言いながら香織は泉の顔を覗き見る。ショックだった？　確かに彼女は優秀なディレクターとして社内でも人望がある。各部署から引く手あまただったが、今は本人が強く希望したクラシック部門への異動が叶い、アルバムの企画からレコーディング、所属アーティストのコンサートの運営などで忙しい。

「笑えなかったよ。社内結婚ってつらいわ」

「たのみますよ、旦那様」

香織がいたずらな笑みを浮かべたのと同時に、ポンと甲高い音が鳴りエレベーターが三階で止まった。ドアが開き、乗り込んできた数人の後輩に挨拶をされる。香織は彼らに会釈を返し、急ぎ足でエレベーターを降りていった。


「わたしの才能をお金で買ってくれてありがとうございます」

初めて泉がＫＯＥに会った時、開口一番そう言われた。

「わたしを商品として売ってください。そうしないと、外に出てきた意味がないですから」

ＫＯＥの才能は、インターネットの中で発見された。口元しか見えないながらも、秘められた美しさを想像させる扇情的なビジュアルは話題となり、自主制作されたミュージックビデオはいずれも百万回以上再生された。登場から一年経つ頃には、ＫＯＥは大手のレコード会社からも注目される存在になっていた。

五社の競合の末、彼女は泉の会社を選んだ。早くからＫＯＥの才能に注目していた泉は、宣伝担当に立候補した。二歳年下の香織はアシスタント・ディレクターとして呼ばれていた。

同時に三人以上の人と話すことができないので、今後の打ち合わせは最少人数でお願いします。直射日光が苦手なので、窓のない部屋に移りたい。カフェインを飲むと体調が悪くなるので、水をください。ＫＯＥがなにかを言うたびに、スタッフたちは子どもをあやすような笑顔を見せ、ばたばたと動き回った。

これはやっかいなのが来たな、と皆のアラートが鳴っているのがはっきりとわかった。でも最後には、誰もが彼女の味方になった。これから宜しくお願いします、とＫＯＥは深く礼をして、子どものように笑いながら涙をこぼした。緊張していました、と粒子の細かい声で囁《ささや》きながら目を拭った。その姿を見た新人の女性社員が鼻をすする音が、背後から聞こえてきた。

「彼女の才能は何かを創ること以上に、他者の愛情や能力を引き寄せるところにあるんだよな」

ＫＯＥを発見した新人開発担当のディレクターの言葉を思い出した。彼女には売れる条件が備わっている。隣を見ると、香織も合点がいったような表情でＫＯＥを見ていた。

最初の顔合わせの後に、デスクに戻るとＫＯＥからメールが来ていた。名刺にアドレスが書いてあったので、という前置きのあと、いかに自分がこれからの活動に賭けているかということが綴られていた。泉さんにはシンパシーを感じています。私の音楽に対して良いことでも悪いことでもなんでも言って欲しいです。追伸に書かれている言葉を読んで、泉は彼女に選ばれたような高揚を感じた。それ以来曲が上がるたびに、感銘を受けたフレーズを抜き出し、感想をＫＯＥにメールした。

破格の新人の登場。彼女の歌詞に反応して、ソングライターたちが競うように曲を書いた。泉はＫＯＥが仮歌を入れたデモ音源を、テレビや映画の制作者たちに聴かせて回った。上司に掛け合って、豪華な紙資料も作った。クオリティの高さに驚いた数人のプロデューサーや、インターネット時代からＫＯＥのファンであったという監督たちからすぐに声がかかり、映画とテレビアニメのタイアップが同時に決まった。新人としては異例の大規模な体制で、デビューにむけて準備が進んでいった。

それにもかかわらず、レコーディングの一週間前、ＫＯＥは突然いなくなった。

マネージャーが何度連絡をしても折り返しはなく、誰も彼女の行方を知らなかった。スタッフたちは焦燥し、総出でＫＯＥの居場所を探し回った。泉も何度もメールを送ったが、彼女からの返信はなかった。

「KOEを見つけました。渋谷です。今から来られますか？」

香織から電話があったのは、それから五日後の深夜二時のことだった。泉は慌ててTシャツの上にジャケットを羽織り、家を飛び出してタクシーを捕まえた。シートに座ってから、Tシャツに間抜けなアニメキャラクターが描かれていることに気付き、ジャケットの前ボタンを閉めた。KOEに会う時は、いつも彼女が好きだという紺色の無地のものを身につけるようにしていた。

「実は行方不明のあいだも、KOEから連絡が来ていたんです」泉が渋谷の高級ホテルに到着すると香織がロビーで待っていた。「なんとか説得したいと思ったのですが、あの人たちに何を言ってもわかってくれないと」

今の段階で部長を彼女に会わせても、おそらくうろたえるだけでなにもできないと思ったので泉さんに来ていただきました。香織は高層階に向かうエレベーターの中で告げた。泉さんのことは、比較的信用できるとKOEも言っています。

KOEが香織とだけ連絡をとっていたことに、泉は傷ついていた。シンパシーを感じていますという追伸の言葉を真に受けていた自分を恥じた。

「KOE、父親がいないんですよね」

高速道路を走るタクシーの中から、香織がぽつりと薄紫色の街に向かって呟いた。

明け方の道はどこも空いており、タクシーは滑るように走っていく。へえ、とだけ答えて泉は押し黙った。香織の発言の意図がつかめなかった。四時間に渡るKOEとの話し合いのあとで、それについて彼女に訊ねる気力もなかった。

父親がいない。

その言葉だけが、無言のふたりのあいだに漂っていた。

KOEが泊まっている高層階のスイートルームからは、眩しすぎるほどに光る渋谷の夜景が見えた。彼女には破格の契約金の他に、育成金と呼ばれる月々の給与が支払われていた。

「音楽を忘れてしまったんです」

KOEは、大きなソファに猫のように足を折り曲げて座っていた。

「どうやって歌詞を書いていたのか、どんな気持ちで歌えばいいのか、どうしても思い出すことができない」

もう音楽はやめます、とKOEは続けた。忘れてしまったものを、表すことはできないと繰り返した。言葉を失っている泉の横で、香織は淡々と質問を重ねていった。なぜそう思うのか？　どうしてそうなったのか？　これからどうしたいのか？

「音楽より大切な人を、見つけました」

ＫＯＥは過剰な光を放つビル群を見つめたまま、自分が恋に落ちた年上のカメラマンについて話し始めた。

「どうして初対面のひとに、ここまで心を許せるのか不思議でした。いや、許したわけではなかった。引き摺《ず》り出されてしまった、ということなのかもしれない」

初めての撮影が終わったあと、ＫＯＥはスタジオの前で彼を待った。金曜の夜、多くの人が彼女の前を通り過ぎていった。彼女の顔が世の中に発表されるのはこれからであり、道端でＫＯＥはまだ何者でもなかった。

「相手はどんな人なの？」

香織が訊ねると、

「彼は、自分のことは何も話しません」とＫＯＥはなにかを思い出すように微笑んだ。「ただ、離婚したばかりであることと、東京の人間関係にうんざりしている、ということだけは話してくれました」

泉は先を急ぎたかったが、今は口を挟むべきではないと思った。それは、少しでも手順を間違えたら崩れてしまう積み木のような作業だった。香織は縁の下にいる猫を誘い出すかのように、ゆっくりと質問を続けた。それからどうなったの？

「わたしが彼をホテルに誘いました。そんな欲望があるなんて、今でも信じられない。

もともと男性が苦手だったんです。男たちの性欲を吐き気がするほど憎んでいたはずなのに」

自分でも驚くほど、泉はKOEの話を冷静に受け止めていた。遅かれ早かれ、このようなことは起きる気がしていた。その危うさのようなものに惹かれていた。

出会ってから三日後に、KOEはカメラマンのマンションに転がり込んだという。マネージャーとの連絡を断ち、レコーディングもプロモーションもすべての仕事を放棄して閉じこもった。けれども、カメラマンは翌月にもブルックリンに移住する予定であることを彼女に告げた。君に出会う前から決めていたことなんだ。彼の父親は高名な俳優であり、支援は手厚かった。

「なんにもいらない。ブルックリンに行く。もう彼だけでいいんだって」

KOEは、ソファに横たわったまま囁いた。初めて彼女に会った時に耳にした、細かな粒子が光り輝いているような声はもうそこにはなかった。魔法が解けたかのように、艶やかさを失っていた。穏やかなその表情は、彼女の決意を示していた。

これ以上彼女の世界に入っていくのは難しい。香織は黙ったままで諦めたように見えた。泉はみずからを奮い立たせながら、なんとか今作っている曲だけでも完成させてから渡米しようと説得を続けた。彼女と重ねてきたメールのやり取りに、意味があったということを証明したかった。

「わたしはもう違う人間なんです。この数ヶ月で書いた曲は、もはやわたしの言葉でも音楽でもない。だからすべて捨てるしかないんです」

眠りに落ちる前のような柔らかさで彼女は拒絶した。その瞳はすでに、夢の中にいるようだった。窓外の空はうっすらと明るくなってきていた。薄いブルーが一面に広がっていく。気づけば競うように眩しく光っていた渋谷の街から、灯火がほとんど消えていた。

タクシーが鼠色のビル前に着く。泉と香織が車から降りると、けたたましいほどの鳥の鳴き声が立ち並ぶ木々から降ってきた。声から逃げるようにオフィスに入ると、レーベルのトップを始めとして関係者のほとんどが待ちかまえていた。

翌月、KOEは渡米した。

七輪から煙が立ちのぼる店内で、泉がビールジョッキをあげると、お疲れ様でしたと香織がビールグラスを重ねた。

会社のすぐそばにある、なかなか予約がとれない人気店だった。けれども店員の接客態度が芳《かんば》しくないことと、会社から近すぎて落ち着かないということで社員からは敬遠されていて、ふたりで会って話すにはむしろ都合が良かった。

「韓国人のダンサーだったらしいですよ」

香織が、もやしのナムルに箸を伸ばしながら言った。なんのこと？　キムチをつまみながら泉は訊ねる。

「ブルックリンでKOEが対決した恋敵」

「ああ、カメラマンの浮気相手ね」

KOEは半年後に帰国し、アルバムが発売された。

彼女が帰ってくることを予想していたかのように、香織は制作を淡々と進めていた。KOEの帰国直後から中目黒のスタジオでレコーディングが連日行われ、アルバムは予定より九ヶ月遅れてリリースされた。

発売を記念したファーストライブが終わった後、泉は香織を誘って焼肉屋に行った。

「浮気もなにも、ああいう男は本気になんかならないですよ。ただうまくハマっただけで」

香織はすでに半分になったビールを飲む。

「ハマった？」

泉は追いかけるようにジョッキに口をつける。

「KOEが欲しい言葉とか行動がわかっていただけ。彼には思想も愛情もなくて、ただ彼女が求めている人を演じていたというか」

「確かに、そういうことだけに長けている男っているんだよな」

「ここ半年の記憶がないんです。帰国後にＫＯＥは言った。どうしてあんなことをしてしまったのか、なぜあの男のことが好きだったのか思い出せないんです。焦点の合わない目から、涙がこぼれ続けていた。

香織は彼女の背中をさすり、時には抱きしめながらレコーディングを進めていった。「愛し方を忘れてしまった」ＫＯＥが帰国後に書いた歌詞は、ブルックリンで彼から言われた言葉をそのまま使ったのだと彼女は告白した。

「なぜ私たちが失敗したかよくわかります」

肉厚の牛タンが、レモンの載った皿とともにテーブルに置かれた。香織はカットされたレモンをひとつ手に取り、目を細めながら小皿に絞る。

「俺たちか？　ＫＯＥの問題だろ」

泉はレモンには手をつけず、牛タンを七輪の上に二枚置いた。レモン汁をつけると、すべて同じ味になってしまう気がする。

「やるべきことはもっとありました」

「どうすりゃ良かったのかね」

帰国後のＫＯＥのパフォーマンスは精彩を欠いた。声の魔力を取り戻すことはもうなかった。レコーディングにはいつも一時間以上遅刻し、プロモーションのためのラジオ収録には抗鬱剤を過剰摂取して呂律《ろれつ》の回らない状態であらわれた。彼女を応援する関係者が、ひとりまたひとりと離れていった。

「アーティストには、母親と父親が必要だと思うんです」

「母親と父親？」

「母親はなんでも受け入れてくれる人。父親はとにかく厳しく道を正す人。どちらかだけでも駄目で、必ず両方いないといけないんです」

「このチームには母親しかいなかったってこと？」

「私が父親の役割をやったつもりでしたけど、彼女を守りきることができなかった。ましてや、ＫＯＥには実の父親もいませんし」

居心地の悪さを感じて、泉は店内を見回した。ビールが残りわずかになっていたのでおかわりを頼もうかと思ったが、店員たちはいずれもレジ前にたむろし笑いあっている。

アルバムの売り上げは初動こそ良かったが伸びていくことはなく、ＫＯＥのインターネット時代からのファンが買うにとどまった。ファーストライブのアンコールの際、彼女は無期限の活動休止に入ることを宣言した。最後までＫＯＥに音楽を続けるようにと言い続けていたのが香織だった。あの夜、渋谷のホテルで説得に加わらなかった彼女とは別人のような粘りを見せた。

七輪に分厚い赤身の肉を載せていく香織を見ながら、タクシーから窓の外を見る彼女の横顔をふと思い出した。薄紫色の空に、灰色の東京タワーがそびえ立つ。

「そんなに父親がいないのって関係ある？」

「はい？」

「香織ちゃん、前にも言ってたよね。ＫＯＥには父親がいないんですよねって」

「はい。言いました」

「てことはさ、ＫＯＥに父親がいたら、こういうことにはならなかったのかな？　あんな男に夢中になって、なにもかも台無しにしなくて済んだのか」

言いがかりに近いと思ったが止まらなかった。香織は赤々と燃える炭火をじっと見つめたまま、赤身の肉を載せ続ける。

「関係がないとは言えないと思います。ましてやＫＯＥの相手は、父親と言ってもおかしくない年代でしたし」

「でもなんかそれ浅くない？　親が悪かったりいなかったりしたら、もうまともな人間には育たないみたいなのって」

あっという間に焦げ臭い匂いが漂ってきた。泉はトングを手に取り、七輪の上で煙を上げる肉の塊を乱暴にひっくり返した。

「そんなことは言っていません。ただ、確実に影響はあると思っているだけで」

手遅れだった。肉はどれもすでに黒焦げになっていた。

「俺も、父親いないんだよね」

泉は煙を上げている肉を、網の端に寄せる。黒い肉の塊から脂だけが落ちていく。

「生まれた時からいなくて、顔も名前も知らない」

「……ごめんなさい。泉さんを不愉快にさせるつもりはありませんでした」

「わかってるよ」

父親だけではなく、泉は祖父とも会ったことがなかった。いくつかの不運が重なって、百合子はひとりで子どもを産むことを決めた。「わたしはずっと真面目で従順な娘だったから、どうしても許すことができなかったんだと思う」最後まで百合子の父親は病院に来ず、母親が一度だけ見舞いに来たが、産んでからしばらくすると疎遠になっていった。

泉が小学校を卒業した日の夜、ふたりで近所のファミリーレストランでお祝いをした。その時、百合子はひとりで子どもを育てることになったいきさつを話し出した。わたしは、もともと頑固な子どもだったのよ。そう言って母は微笑んだ。ちなみにあなたの名前は、男の子か女の子、どちらが生まれてきても喜びが湧き上がるように祝福したいと思って入院中に決めたの。

記念日のたびに、百合子は昔の記憶についてひとつ、またひとつと泉に告げていった。

沈黙の隙間を埋めるように、香織は薄切りされた霜降り肉を網の上に置く。一瞬で炎が激しく立ちのぼり煙に包まれた。パチパチっと脂が炭の上で弾ける音に重ねるように、彼女は呟く。

「親がいないことが悪いとは、もちろん思っていません。子どもには選ぶことができない。それに少なくともＫＯＥは、そういう環境で育ったことで音楽を生み出すことができたわけですから」

「ＫＯＥに両親がいたとしても、素晴らしい歌詞が書けていたかもよ？」

泉はビールを飲み干し、ふたたび店員の姿を求めて目を泳がす。フロアには誰も見当たらない。思わず舌打ちしていた。さっきはあんなにたくさん人がいたのに。

「そうかもしれません。でも満ち足りていなかったからこそ、彼女が切実さをもって書けたものは確かにあると思います」

香織は七輪の上で炎に包まれる肉を見つめながら続けた。

「……両親という存在の影響はとてつもなく大きいです。親の呪縛の強さを感じているからこそ、私はどうやってそこから逃がれるかをずっと考えてきました。そしてある時気づいたんです。血が繋がっている人が、必ずしも親の役割をしなきゃいけないわけじゃないんだって。私の両親は離婚こそしなかったけれど、ほとんど夫婦とは言えませんでした。親の役割すらきちんとできていなかった。代わりに私は、幼稚園の頃から通っていたバレエ教室の先生に、正しく生きる術を教わってきました。大人になり、そのことに気づいて以来、私は血縁とか家族が絶対だとは思わなくなりました。血が繋がっていない他人同士だからこそ補完し合えることも多い。だから父親がいないなら、その役割を誰かが引き受けられるはずで、ＫＯＥに対しては私がそうでありたかった」

一気に話すと、香織は焦げ始めている肉を二つ三つとつまみあげ、いただきますと言って頬張った。力強く肉を嚙む彼女の張り出した顎を見ていたら、怒っていたのが馬鹿らしく思えてきた。

「泉さん、どうしたんですか？　急に笑って」

香織に言われて、自分が笑みを浮かべていることに気づいた。

「なんでもないよ」

泉は新たな肉を七輪の上に並べると、突然の笑顔を誤魔化すように訊ねた。ごはん頼む？　香織は、泉を黒目がちな瞳でじっと見つめると、はい大盛りで！　と声を張った。

3

玄関のドアが閉まる音で目が覚めた。

泉はベッドから身を起こす。真っ白なリネンがホイップクリームのように丸まっている。隣の空間に、もうぬくもりはない。控えめな伸びをすると、目の端に散らばった本やCDが見えた。

絵本とかも置くようになるだろうから、棚にスペース作っておいて。香織にそう言われ昨夜から片付け始めたが、手に取るものをいちいち懐かしく見直していたためほとんど整理は進んでいない。スマートフォンやパソコンで音楽を聴くようになり、CDプレイヤーを使うことはなくなった。実際ここにあるCDに入っている曲は、ほぼインターネットのなかにもある。もはや無用の円盤たちなのだが、その音楽を聴いていた時の記憶と強く結びついていて、なかなか捨てることができない。

焦げ茶色のフローリングで覆われた廊下を通り、リビングに入る。ファミリータイプとして作られたこのマンションは全体的に部屋が広めで、泉が独居時代の家から持ちこんだソファやテレビが妙に小さくアンバランスに見える。このマンションを買う時に泉と香織は長い時間話し合い、想定されうる未来のことを考えて部屋を選んだ。

二ヶ月前、泉は香織から妊娠を告げられた。結婚して二年。自然な成り行きではあったが、いざそうなると思いがけず動揺した。子どもが生まれるということと、自分が父親になるということがいまだにうまく接続していない。

窓外には薄曇りの空が広がり、北風が時折窓を揺らしているが、部屋は暖かい。香織が床暖房を点けておいてくれたからだろう。裸足の足裏にじんわりとした熱が伝わってくる。

大きめのダイニングテーブルの上には、板チョコレートの箱が三つ積み重ねてあった。また朝からチョコレートか。ここ数週間で、香織のつわりはかなり落ち着いてきている。代わりに彼女は大量のチョコレートを食べるようになった。

「ちょっと食べすぎじゃない？　まあ、何も食べられないよりはマシなんだろうけどさ」

泉は零すように言うと、妊娠中に太りすぎて出産時に苦労した先輩のエピソードを添えた。お腹の中の赤ん坊まで太っちゃうみたいだよ。

「わかってるんだけどねえ」

香織は円を描くように、お腹を左手でさすった。もう片方の手には赤いパッケージのチョコレート。

「どうしても止められないんだよね。食欲とかを超えた謎の欲望」

「しかもチョコレートだけってのがね、どうも体に悪そうというか」

「レモンとかグレープフルーツとか、酸っぱいものにハマるというのは昔からよく聞いてたけど」

「それならまだビタミンCって感じで前向きだよ」

「でも私の周りにはあんまいないかな、健康的なものにハマる妊婦。友達はみんな、フライドポテトとかコーラとかアイスクリームだったたって」

「なにそれ、体に悪そうなものばっか」

「どうしてなんだろうね。普段そんなもの興味ないのに、よりによって赤ちゃんが体の中にいる時に食べたくなっちゃう」

そう言いながら香織は、板チョコレートにかぶりついた。長方形のピースに区切られているが、それらの区画を破壊するかのように丸い歯型が付く。

「香織が根源的に食べたいものなのかもしれないね」

泉はパジャマの袖をまくりながらキッチンに入る。コーヒー淹れるけど飲む？

「いやごめん。なんかコーヒーの匂い嗅ぐと最近気持ち悪くて」

「チョコレート中毒のコーヒー嫌いって、なんか矛盾した感じだよね」

「ごめんね」

以来、香織の前ではコーヒーを控えるようにしていた。電気ポットでお湯を沸かしているあいだに、冷凍庫に入れてあったコーヒー豆を電動ミルでガリガリと挽く。後輩がイベントでシアトルに出張した時に買ってきてくれた酸味のある豆は、なかなかなくならない。朝食はいつも食パンと卵料理、そこに野菜のサラダかフルーツジュースを添える。泉か香織、いずれか早く起きた方が作るというのが暗黙のルールとなっていた。

百合子とふたりで暮らしていた時、朝食は常に白米と魚、卵焼きなどのおかず、そして漬け物だった。百合子は仕事と家事に絶えず追われていて、平日の夕食はスーパーマーケットの鮨の詰め合わせや惣菜になることもあった。泉は、母がたまに買ってくる〝出来合い〟が楽しみだった。けれども母はそのことをずっと申し訳ないと思っていたと、結婚直後に香織に語ったらしい。だからせめて朝ごはんと弁当だけは、必ず自分で作るようにしていたの。

炊飯器の横に三斤並んでいた食パン。いつの間にか、母もパン食になっていた。泉が家を出て、どのくらい経ってからのことだろう。ダイニングのチェアに腰掛けた泉は、皿の上で半熟の目玉焼きの黄身を崩し一口食べると、トーストを齧《かじ》りコーヒーを啜《すす》った。

「ニューヨークからチェリストが来日するから、明日は取材で早く出るね」

昨夜眠る前に、香織に告げられた言葉が蘇ってきた。久しぶりのカフェインが頭を働かせたのかもしれない。赤ちゃんのこと、ちゃんとお義母さんに話してね、と付け加えられたことも。香織が妊娠してまもなく四ヶ月になるが、なんとなく伝えそびれていた。外を見ると、雪が降っていた。三月に入っても、まだ雪なのかと気が滅入った。三階にあるこの部屋からは大きな公園が眼下に見える。こんもりとした緑の森に、白い花が咲き乱れているようだった。

熱すぎるくらいのシャワーを浴び、体を温めてから家を出る。エントランスの前にあるガードレールにうっすらと雪が積もっていた。両手で掬《すく》い固めると、ぎしっという音とともに湿った雪の玉ができあがる。雪が好きだったはずなのに、今は手の中にある冷たさを不快に感じた。

会社に着いたら、謝りのメールを入れなくては。冷たさが指先から脳に届いたのと同時に思い出した。あのドラマの主題歌。懇意の脚本家から頼まれていた洋楽曲の交渉が難航していた。アメリカにいる著作権者に何度メールを送っても先方から返信はなく、進捗《しんちょく》がないますますでに三ヶ月が過ぎていた。ため息が目の前で白くなる。憂鬱が可視化されたようだった。気合を入れるように冷たい空気を大きく吸い込んで歩き始める。横断歩道を渡りながら母に電話をかけたが、すぐに留守電に切り替わった。何も残さず電話を切る。

子どもの頃、近所の友達とよく雪遊びをした。雪が降るたびに、泉は家を飛び出し公園へと走った。一時間でも二時間でも雪合戦をして、それが終わると雪だるまを何個も作った。百合子は長い休みを取ることができず、泉が遠出をすることはほとんどなかったから、雪が降るといつもの町が別世界になったような気がして夢中になった。

「秋田に旅行で行った奴が、お父さんにかまくらを作ってもらって、中でおしるこを食べたんだって」

そう言った時の百合子の顔をいまだに忘れることができない。ただかまくらへの憧れを伝えるつもりが、「お父さん」という言葉を使っていた。それが母を傷つけることをどこかでわかりながら、当て付けるような言い方になった。我慢することに慣れていたはずなのに。

翌朝泉が目を覚ますと、庭に丸い小山のようなものがあった。パジャマのままサンダルで庭に出た。すごい！　どうしたの⁉　おかあさんが作りました！　中入ってもいい？　もちろん。でもそっとね！　百合子が雪をかき集めて一晩かけて作ったかまくら。泉ひとりがやっと入れるほどの小ぶりのものだったが、大福餅のような美しい半円形を描いていた。

泉がはしゃいでいると、百合子は台所に入りおしるこを作り始めた。鍋を火にかけながら、母はときどき小さな咳をした。だいじょうぶ？　何度聞いても、平気だよ、と言って手を動かし続けた。

泉は、ひんやりとした雪の部屋の中でおしるこを食べた。とろみのある赤茶色のあずきの中に、焼き目がついた大きな餅が入っていた。外では、鼻を真っ赤にしながら百合子が椀を啜っていた。その日の夜、泉と百合子は揃って高熱を出して寝込んだ。ふたりで布団を並べて横になりながら、おしるこおいしかったねと笑い合った。

「ごめん僕、お父さんはいらないから。母さんがいればいい」

やっと言えたと思ったが、それは熱にうなされながら見た夢の中で、目覚めた時には百合子はおかゆを作るためにひとり台所に立っていた。


大きな雪の粒が落ちてくる。

泉は歩みを速める。鼓動の音に合わせて、さらに記憶が蘇ってくる。

小学生になる前のことだ。ある夏の日、百合子は自転車の後部座席に泉を乗せて野球場に向かった。野球に興味を示し始めていた泉に、実戦を見せてあげたいと思ったのだろう。数十分かけて海のそばにある球場にたどりついたが駐輪場が見当たらず、母は球場の周りをぐるぐると走り回った。泉は自転車を漕ぐ母の背中が汗で濡れていく様を、じっと見つめていた。自転車が球場の周りを一周半ほどしたあたりで眩いライトが灯り、試合が始まった。先頭打者がヒットを打ったのか、怒号のような歓声が上がる。泉は顔を上げた。声が空から降ってくるかのようだった。

雪が激しくなってきた。傘を持っていくのが億劫で、家に置いてきてしまったことを悔やんだ。地下鉄の駅まで歩く気にもなれず、幹線道路まで出てタクシーを探す。いつもは空車が何台も通る道なのだが、今朝はどのタクシーにも乗客がいた。

手のひらで雪の玉がじんわりと溶けていくのを感じながら、泉は想像した。もし男の子が生まれたら、彼のためにかまくらを作るのだろうか。キャッチボールをしたり、釣りを教えたり、キャンプ場で火を起こしたりするのだろうか。いずれは酒を飲みながら、仕事の悩みを聞く日が来るのだろうか。

なんとなく男の子な気がする。先週末の夜、電気を消した寝室で香織が呟いた。今から野球の練習でもしておくか、と泉は同じくらいの声量で返した。翌日、思い立ち会社のそばにあるスポーツ用品店に入ったが、意外にもグローブの形態は多様でどれを選んだらいいのかわからず、逃げるように店を出た。

「まったく、やっかいなとこに行かされたよ」

谷尻《たにじり》が小さな器に入ったサラダを食べながら言った。黒く大柄の体から、しわがれた声が出る。泉はサラダに胡麻のドレッシングを多めにかけながら返す。

「そうなんですか？　谷尻さん新人育てて売るのうまいし、面白そうじゃないですか」

「バカ、もう時代が違うんだよ」

「確かに。そもそもうちは契約条件が厳しすぎて新人取りそこねてばかりだから。よそで売れたアーティストを買ってくるしかないですしね」

泉がサラダから谷尻に目を戻すと、鬱陶《うっとう》しそうに紙ナプキンで額の汗をぬぐっている。この店は、いつも空調が過剰だ。夏は寒すぎるし、冬は暑すぎる。

「今はアーティストが自分たちで音を売る方法がいくらでもあるから、メジャーレーベルと契約する意味なんてないんだよ」

「谷尻さんがそれ言ったらおしまいですよ」

数年前まで、泉と谷尻は同じレーベルにいた。ヒット曲を連発するバンドから、海外でも評価が高いテクノユニットまで幅広いアーティストが所属するレーベルで、谷尻はディレクターと役員を兼任していた。彼は作り手としては一流だったが経営者としての才能には恵まれず、会社全体の経営が悪化したタイミングで外され、今は新人を発掘する関連会社にいる。ぶっきらぼうな物言いの無頼派で社内でも敵が多いが、アーティストとの向き合い方から業界人との付き合い方まで、仕事のほとんどを谷尻から教わったと泉は思っている。いま市ヶ谷にいるんだけど、雪で打ち合わせキャンセルになったから昼飯でも食わねえ？　突然の電話に会社を飛び出し、近くの洋食レストランで向かい合っていた。

「それに新人なんて、ドラマとか映画のプロデューサーには求められてないだろ」

谷尻は、器に残ったサラダをフォークでつつく。太い指に挟まれたフォークがやけに小さく見える。冷蔵庫に長い時間入れっぱなしになっていたのか、レタスに水気はない。

「あの人たち、音楽ぜんぜん聴いてないですもんね。いつまでも九〇年代に売れてたバンドの名前ばかり出しますから」

泉は皿に盛られたライスとともに出された味噌汁の椀を端に寄せた。

「葛西……相変わらず味噌汁だめなんだな」

気付いた谷尻が笑いながらグラスに残った氷を嚙み砕く。

「すみません」

「まあいいけど、味噌汁嫌いな奴なんて見たことないぞ。変わってんな」

「……どうも苦手で」

会話を遮断するかのように、目の前に重そうな鉄板が置かれた。焼き目がついたハンバーグがじうじうと油を飛ばしている。

「テレビは相変わらず芸能事務所の行政だらけなの？」

「前よりはマシですが、変わらずですね。無理やり押し込んでも実力不足だからすぐに売れなくなるんですけど」

まったくなにも変わんねえんだなあ、と顔をしかめて谷尻は紙エプロンを首から下げる。変わりようもないですよ、と泉も倣《なら》う。谷尻の首に、深い皺が幾重にも入っていた。高校時代にラグビーで全国大会に出場したという彼の首は、かつては筋肉質で丸太のように太かった。

「最近は誰推してんだよ？」

「オンガクですかね」

「ああ、うち来るらしいな。インディーズでも充分売れてたのに」

「なんか彼らが好きなアーティストがうちに何人かいるかららしいですよ」

「いまだにそういうメジャーへの憧れとかあんだな」

「今度の小見山さんが書くドラマの主題歌に推すことになりそうです」

「おお、お前が仲良い小見山先生な。まだ麻雀やってんの？」

谷尻は牌をひっくり返すように手首を返すと、ナイフを使わずにフォークでハンバーグを切って食べ始める。

「いやもうさすがにやってないすよ。何年前の話ですか」

泉はそれには倣わず、割り箸を割った。肉の焼ける匂いが、食欲を促す。

「担当は？」

「田名部《たなべ》です」

「ああ、あの色っぽい子」

「谷尻さん、知ってるんですか？」

「お前んとこの部長の大澤と付き合ってんだろ？」

「え？　マジですか!?」

思わず大きな声を出し、慌てて周囲を見回す。昼間だが薄暗い店内に無垢の木のテーブルが並んでいる。気づけばどのテーブルにも客がいたが、会社の同僚は見当たらない。

「知らなかったのかよ？　もう半年くらい前だぞ、俺が聞いたの」

「どうりで大澤さん、田名部に甘いわけです」

声を潜めながら、ハンバーグの上にまんべんなく大根おろしを広げる。昔から、この手の社内ゴシップには疎《うと》く、いつも最後に知らされる。

「そうか。やっぱ大澤って、素直な奴なんだな」

谷尻がしゃがれた声で笑う。

「普通そうじゃないですか？」

「いや逆だろ。もし社内不倫とかしてたら、俺はむしろ冷たくするか、異動させるぞ。気を使ったりするの、めんどくさいじゃん」

「谷尻さんは相変わらず本当にひどい」

「正直者だと言えよ。あ、仕事のできる奥さんが来たぞ」

振り向くと、ドアを開けて入ってきたばかりの香織がこちらに手を振った。同期の経理部の女性と一緒だ。ガラス戸の前に立っているため、逆光になり表情はよく見えないが、シルエットから少しだけお腹が膨らんでいるのがわかる。泉の向かいに座っているのが谷尻であることを認めた香織は頭を下げた。

「……お前も、もうすぐパパか」

フォークを持ったまま片手を上げた谷尻が、香織を見て呟く。十年前に離婚してから、谷尻はずっと独身だ。子どもは別れた妻と暮らしている。カネだけはちゃんと入れないといけないから、クビになるわけにはいかないよなあと、酒を飲むたびに彼は言う。

「五ヶ月後ですね。実感まだないですけど」

「大丈夫。お前はしっかりやりそうだよ」

そうですかね、とぼんやり言いながら、泉は思った。自分はなにを「しっかりやりそう」なのか。答えを知りたかったが、それが意味のない質問だと気づき、平たい皿の上で乾き始めていたライスを箸で掬って口に入れた。

雪が降った日の夜は、すべての音が消えてしまう。まるでこの街から人がいなくなったようで不安になる。静寂の中で、ひとり立ち尽くす。みなが同じように感じているのか、それとも自分だけのものなのか。

ダイニングテーブルの上にノートパソコンを開き、溜まったメールに返信をしていたら深夜になっていた。結婚したばかりの頃は、ふたり揃って自宅残業をしていたものだが、妊娠してから香織は日が変わる前にベッドに入る。やたらと眠いんだよね、ふたりぶん寝ろってことかな。そう言って笑う香織を見ていたら、子どもを持つ幸せの一端に触れられたような気がした。

大きな欠伸《あくび》が出るのと同時に、無機質な振動音に耳を奪われた。スマートフォンの震えが、ダイニングテーブルに反響して伝わってくる。慌てて手に取り、画面を見る。葛西百合子、と表示されている。

「もしもし……母さん？」

「……泉？　ごめん電話もらってた？」

「そうだけど……遅すぎるよ」

「そう？　今何時かしら」

「一時半」

受話器の先も、こちらと同じく音がない。あのグランドピアノが置かれたリビングで、母が使い慣れないスマートフォンを耳にあてている姿が目に浮かんだ。ごめんね。百合子の囁くような声だけが耳に届く。泉、もう寝てた？

「仕事してた」

「あまり無理しちゃだめよ」

「母さんこそ、こんな遅い時間まで」

「ときどき目が覚めちゃうの。泉から電話もらってたこと急に思い出して……なにかあったの？」

だとしても、こんな時間にかけてくる？　朝でもいいのに。母を咎める言葉が喉元まで出かかったが、留めて泉は言った。

「あのさ、母さんに伝えたいことがあって」

「どうしたの？」

一瞬、今伝えるべきか迷い、空白が生まれた。

「……子ども、できたんだ」

「子ども？」

「俺と香織の。赤ちゃん」

「え……おめでとう！　予定日は？」

百合子の声が、少し上ずっているのがわかる。

「八月、かな」

「嬉しいわ。香織さん体調は？」

「うん。すこぶる元気」

「よかった。泉、本当におめでとう」

受話器の先で、百合子が声を震わせる。それで……えっといつだっけ？　だから八月だって。ああそうね、もうすぐね。いろいろと準備しないとね。母の声を聞きながら、泉はやっと報告ができたことに安堵していた。

香織との婚約を伝えた時、百合子はしばらく黙りこんでしまった。相手が気になるのかと思い、会社の同僚であることを告げたが、それでも無言のままだった。気まずい時間を埋めるために、香織の性格や容姿について泉が一方的に話していると、母は突然、そんなこと急に言われても、と掠れた声を出した。え？　どうしたの？　泉の言葉に被せるように百合子がすすり泣く声が聞こえてきた。

「これからじゃない……」

母は、鼻をすすりながら続けた。

「ふたりで生きていくのに精一杯だったじゃない。旅行をしたり、おいしいものを食べに行ったり、これからやっと、親子らしいことができると思っていたのに」

祝福の言葉を期待していた。幼な子のように拗《す》ねる母に戸惑い、言葉を継げなかった。けれども数週間後、都内のレストランで百合子に香織を紹介した時は、すっかり上機嫌で泉の子ども時代の恥ずかしい話を披露した。この子の機嫌が悪い時は、だいたいお腹が空いているのよ。なんでもいいから食べさせてあげてね。そんなことを言いながら、香織と笑いあっていた。

　もう三年前のことだ。あの時、泉は罪ほろぼしのような気持ちで、百合子にスイス製の腕時計をプレゼントした。母は泉がものごころついた時からずっと、同じ腕時計を使い続けていた。

　壁の時計を見ると、深夜二時を回っていた。母の話は、産婦人科医のことから、ベビー服、離乳食、寝かしつけの話題までとりとめなく続いている。その合間で、思い出したかのように、泉おめでとう、と呟いた。その上ずった声を聴きながら、ふと母がどこか遠くに行ってしまいそうな気がした。あの時のように。

4

拍手の音が木組みの天井に吸い込まれていく。

残響が収まるのを待って、チェリストがひとり演奏を始めた。バッハの無伴奏チェロ組曲第一番。スポットライトが、タキシードに包まれた大柄な体を照らしていた。満員の客席から視線が一点に注がれているのがわかる。チェリストは巨大なパイプオルガンを背負いながら、広いステージの中央で目をつむり弓を動かす。

リフレインされる、どこか物悲しいメロディ。芯がはっきり通っているのにもかかわらず、伸びやかに響くチェロの音色。チェロは男性の声と同じ音域で、音色は人の言葉のようなものだと聞いたことがある。確かにコンサートホールで聴いていると、演奏者が歌っているように思えてくる。

「チェロって重厚だから暗い感じになりがちなんだよね」今朝食卓でチョコレートを齧りながら、香織がチェリストを評していた。「けど、彼の演奏は朗らかで伸び伸びとしている。あまりにも巧いから、どこか軽々と弾いているように見えるの。とても知的で、的確にスコアを読み込んでいるのにもかかわらずね」

わずか三小節目にして、隣に座っている百合子がハンカチを取り出すのが見えた。眼鏡を押し上げるようにして、左右の目元を交互に押さえる。最近涙もろいの。コンサート会場に向かうタクシーのなかで、お気に入りのテレビドラマの話をしている時に百合子は言った。母の涙を見たことは、ふたりで暮らしていた時ですらほとんどなかった。


小学校に入ってすぐ、一緒に下校する友達ができた。

三浦という同級生だった。冬休みを間近に控えたある日の放課後、泉は三浦の家で遊んでいた。彼の両親は共働きで、日中は家にいなかった。ともに〝鍵っ子〟だった泉と三浦は自然と仲良くなり、夕方の時間を彼の家で過ごすことが多かった。

その日も、いつものように三浦の家を訪ねた。テレビでアニメ番組を見て、カードゲームで遊んでいるうちに西陽が窓から差し込んできた。おもちゃや洗濯物で散らかったリビングを、橙色の光が照らす。

「はらへったな……」

三浦が目を細めながら窓の外を見た。眩しい光で、何も見えない。

「うん……そうだね」

同調すると、じゃあお菓子買いに行こうぜ、と三浦は泉の肩を抱いた。

「でもぼく、お金持ってない」

泉のお小遣いは、友人たちのそれより少なかった。

「大丈夫。ママがお金隠している場所知ってるんだ」

三浦はダイニングに入り、食器棚の右端の引き出しを乱暴に開けた。積み重なった電気代やガス代の領収書に隠れるように、千円札と五千円札が二枚ずつ。硬貨がばらばらと散らばっていた。乱暴に大金が置かれていることに驚き泉が目を丸くしていると、

「お前も好きなだけ取れよ」

三浦が、千円札を片手で握りつぶすように持ちながら言った。

「え、いいよ」

「はやくしろよ」

「いいって」

それが罪であることを知っていた。どろぼう、という人間がいるのだと聞いたことがあった。ぬすみ、という言葉も。

「お前、絶交だからな！」

三浦が唐突に叫んだ。

「はやく取れよ！　俺が大丈夫だって言ってるんだから、大丈夫なんだよ！」

剣幕に押され、慌てて引き出しに手を突っ込んだ。五百円玉を一枚摑《つか》んで、ポケットに入れる。太ももにひやりとした金属の冷たさが伝わってきた。三浦がドアを開けると、刺すような光が目の中に飛び込んでくる。泉はそれから逃れるように階段を駆け下りた。

近所のスーパーマーケットに入ると、三浦は迷いなくお菓子コーナーに向かった。色とりどりの菓子袋に囲まれながら、歩き回る三浦の背中を追った。彼が着ている濃紺のセーターの脇のあたりにビー玉ほどの穴が空いていた。

三浦はチョコレートバーや、コーラ味のグミ、ラムネ菓子などをカゴに投げ入れる。お前も好きなの選べよ、と笑いかけてくる。泉は、いちごミルクの飴を眺めていた。白いフィルムに濃い赤で描かれたいちごのイラスト。大好きな飴だった。おそるおそるそれを手に取り、レジへと向かった。

ポケットの中には、お釣りの百円玉と十円玉が数枚ずつ入っていた。結局、三浦の家で飴を食べることはなかった。彼が買ってきたチョコレートバーをふたりで食べたが味がせず、ただねっとりとした食感だけが口の中にいつまでも残った。隣に座っていた三浦も、テレビを見ながらおいしくなさそうに食べていた。

泉はいちごミルクの飴を持って家に帰った。どうしたのこれ？　帰宅した百合子に問い質《ただ》される。黙っていると、皿洗いをしている手を止め、全部話しなさいと鋭い声で言われた。泣きながらポケットの中の硬貨を取り出してテーブルの上に置き、罪を告白した。
百合子に連れられて、お金と飴を返しに三浦の家に行った。すっかり日が暮れたのに、三浦はまだひとりで家にいた。百合子が頭を下げて、飴と五百円玉を三浦に渡す。彼は寂しげな目をこちらに向けながらそれらを受け取り、また明日も遊びにきてよ、と笑った。

暗くなった帰り道を、母と並んで歩く。泉は早く謝りたかったが、気持ちをうまく言葉にすることができなかった。百合子も三浦の家を出てから、一言も発していなかった。まだ怒っているのだろうか？　不安になって見上げると、母が声を押し殺しながら泣いていた。手の甲で、目元を何度も拭う。

母の涙を見るのは初めてだった。泣いている母は、まるで違う女の人のように見えた。泉は怖くなった。硬い殻が割れて、中から柔らかいなにかが溢れてきているようだった。ごめんなさい。震える声で泉が謝罪すると、母は白い手でそっと頭を撫でてくれた。今でもいちごミルクの飴を舐めると、甘い香りとともにその感触を思い出す。

二回の休憩を挟みながら、無伴奏組曲は第六番まで演奏された。最後のフレーズを弾き立ち上がったチェリストは、長い戦いを終えた戦士のように汗だくでほっとした笑顔を見せた。客席からの拍手は鳴り止まず、チェリストは二度、三度とステージに戻ってきては深く礼をした。泉は隣に座っている母を見た。百合子は溢れ出る涙を拭うこともなく、拍手を送っていた。

「お義母さん、楽しんでもらえました？」

会場を出ると、スーツ姿の香織がロビーで泉と百合子を出迎えた。母がバッハを好きなことを知っていた彼女が、一週間ほど前にコンサートに招待してくれたのだった。

「ええ、とっても上手なのに、すごく自由で伸びやかで」百合子は、潤んだままの目をハンカチで拭いつつ気恥ずかしそうに笑った。「香織さん、どうもありがとう」

「よかった」

「ご飯食べにいくけど、一緒にどう？」

泉が訊ねると、これからサイン会の立ち会いがあるの、と香織は申し訳なさそうに答えた。

「終わり次第合流するね」

「わかった、待ってる」

香織は百合子に会釈をすると、足早に物販ブースへと戻っていった。ヒールのない革靴を見ながら、香織の体調が気になった。ここ数日、チェリストの来日に合わせ、妻が追い詰められていくのが傍目《はため》にもわかっていた。取材のアテンドが三日前から始まり、コンサートのリハーサルの立ち会いやCD即売のスタンバイに追われ、昨夜は遅くまでチェリストの体調をマネージャーに確認する電話をかけていた。からだ気をつけてね。泉が声をかけると、さすがにきっついけど最後の大仕事だから、といって親指を立てた。

泉と百合子が外に出ると、高速道路の高架が空を覆っていた。ちょうど大きな通りが分岐するあたりで、湾曲したコンクリートは巨人の腕のように見える。高層ビル群の中を少し歩いて、賑やかなビストロに入った。ふたりで行く外食は、必ず洋食になる。なにかしらのお祝いであることが多かったせいか、入るのは決まってファミリーレストランか洋食店で、今でもその名残があるのかもしれない。

「ピアノ教室、最近どうなの？」

テーブルにつき、泉はビールと百合子のためのミネラルウォーターを注文した。泉が子どもの頃、教室には生徒がひっきりなしに訪れ、ずっとピアノの音が聞こえていた。階下から聞こえてくるメロディが、百合子が泉だけのものではないと語っているかのようだった。

「生徒さん……減らしてる」

百合子は久しぶりに来た混み合うレストランに慣れないのか、落ち着きなくあたりを見回しながら答える。

「どうして？」

「すぐ疲れちゃうのよ。一日にひとりかふたり見たらもうクタクタ」

「やめればいいのに。年金もあるんだし、仕送りを増やしてもいいし」

「なにもやらないと……ダメになっちゃうから」

母の言葉に返すことができなかった。機械やおもちゃのように、人間もダメになる。

隠すように重ねられた、百合子の手の皺が目に入った。

タイミングよくビールとミネラルウォーターがテーブルに置かれ、泉は慌ててメニューを広げた。トマトとチーズのサラダ、タコのカルパッチョ、彩り野菜のラタトゥイユ、ソーセージの盛り合わせ、目に付く食べ物を注文する。なにかこれ食べたいとかあったら言ってね。泉に任せるわ。

「やっぱり生徒さんが可愛いのよ。美久ちゃんとか」

「美久ちゃん？」

「小学生の生徒さん。今トロイメライの練習中。いつも第二小節で引っかかってしまうの。ドとファを丁寧に弾かないと」

百合子は俯きながら、ギンガムチェックのテーブルクロスの上で指をトントンと動かした。

「この前さ」泉はビールに口をつけて続ける。「夜遅くに電話くれたじゃない」

百合子が夢から醒めたかのようにはっとして、泉を見る。

「ごめんね、あんな時間に」

「それはいいんだけど。俺も仕事してたし。でも、母さん寝れないの？」

あれからずっと気になっていた。寝つきだけはよかった母なのに。

「うん、たまにね。目が覚めちゃうだけ。でも寝てるよ。今日だって、起きたら昼過ぎだった」

百合子はけらけらと笑いながら、手を顔の前で振る。そっか、でも心配だよ。からだには気をつけてね。そうね気をつける。歳も歳だしね。そうだよ。でも大丈夫なのよ。どうして？

「最近、調子がいいの」

「なにがあったの？」

「いいもの飲んでるから」

百合子は自信に満ち溢れた目で、泉をまっすぐに見つめた。

「なんか怪しいのじゃないよね？」

泉は百合子の目を見つめ返す。母の瞳が小刻みに動いている。

「そんなことないわ。ちゃんとしたものよ」

ごうごうと車が走る音が耳に入ってきた。ビストロの真上にある高速道路が軋み、揺れているような気がした。百合子は水を一口飲むと、その日のことについてゆっくりと話し出した。

先々月、家に白いスーツを着た中年女性がやってきた。

「このあたりの水道の調査をしています。よかったらアンケートに答えてもらえますか？」

白いスーツの女はドアの前で微笑んだ。彼女の後ろには、紺のブレザーを着た若い男がメモを片手に立っている。彼は研修でついてきているのだと言う。品のいいふたり組だったので、請われるまま家にあげた。

ダイニングテーブルに白いスーツの女と若い男が並んで座り、百合子も腰かけてアンケートに答えていく。食生活や睡眠、体調、摂取している薬などに関する簡単な質問に対する回答を書いていると、綺麗な字ですね、と女が声をかけ、ふたたび微笑んだ。その顔は白く、頰には張りがあった。

「水道水が汚い都道府県ってどこだと思います？」

百合子がアンケートを書き終わるのを見計らって、白いスーツの女が訊ねた。

「東京とか大阪でしょうか？」

百合子は答えた。若い男性は、隣でメモを取り続けている。ずいぶんと痩せており、金ボタンのついたブレザーがだぶついて見える。

「逆に綺麗なところはご存知ですか?」

「新潟とか……北海道かしら」

「水の綺麗さと、美容と長寿ってすごく関係しているの知ってました?」

白いスーツの女は正解を伝えることなく、分厚いファイルを取り出した。水素がからだに良いという実例が紹介された新聞記事、有名な野球選手が水素水を愛飲しているという情報誌のコラム、女優が水素水を飲んでダイエットに成功したというファッション誌の特集記事、それぞれが綺麗に切り抜かれて綴じ込まれている。

「わたしもずいぶん痩せたんですよ」白いスーツの女はファイルをめくりながら続ける。

「水素水を料理に使うと素材がおいしくなるから、カロリーが抑えられるし食べ過ぎない。からだの中に溜まっている脂も溶かすからダイエットにいいんです」

風邪をひかなくなった、肩こりが無くなった、皺が減った、化粧落としにもいい。立て続けに、水素水の効能を説明したのちに、白いスーツの女はふっと笑いファイルを閉じた。

「ごめんなさい……わたし興奮しちゃって。なんだか怪しいですよね?」

「いえいえ、そんなこと……」

百合子はかぶりを振った。若い男は、下を向いたままメモを取り続けている。ペンが紙の上を走るカリカリという音だけが、昼下がりのダイニングルームに響く。

「試しに飲んでみます？」

白いスーツの女がそう言うのと同時に、ペンの音が止んだ。若い男が、小ぶりのスーツケースからコーヒーメーカーのような機械を取り出す。女がバッグからミネラルウォーターのペットボトルを出し、透明なタンクに注ぎ機械のスイッチを入れた。たちまちタンクのなかに泡が立ち、水が白濁する。理科の実験のような様を、百合子は少しわくわくしながら見つめていた。三分ほど待ったのちに、女は機械のスイッチを切り、プラスチックカップに生成された水を注いだ。

「ご自宅の水と飲み比べてみてください」

女に言われ、百合子は浄水器の水をコップに注いで戻ってきた。できたばかりの「水素水」と飲み比べてみる。おいしいでしょう？　と問われ百合子は頷いた。確かに水素水のほうがまろやかで、少し甘い感じがする。

これはつい数日前の新聞記事なんですけどね、と言いながら女は新たなファイルをテーブルの上に広げた。初めて見る記事なのか、隣にいた男もそれを覗き込みメモを取っていく。

「高名な医学部教授の研究についての記事なんです。水素を用いたマウスの研究があって、脳の老化を抑える効果がきちんと科学的にも証明されたんですよ」

そう言うと、白いスーツの女は今日三度目の微笑みを見せた。

「うさんくさいよ」泉は赤ワインを飲み干しながら咎《とが》めた。「そんな用意周到に記事の切り抜きとかまで持って来て」

目の前には、食べ切れなかった豚肉のソテーが残っている。

「母さん、騙されてるんじゃないの？」

「そんなことないわ。実際、体調いいもの」

「食べ物のカロリーが抑えられるとか、なにを根拠に言ってんのか」

「でも少し痩せたのよ。最近風邪も引いてないし……」

「だいたい水道の調査で家に入り込む時点でおかしいじゃん」

「でも、飲み比べたらね……」

「絶対怪しいって！」

百合子の言葉を遮るように声を荒げた。母が詐欺にあっているかと思うと耐えられなかった。昔から百合子はお人好しで、知り合いの頼みを断れずに必要のない調理器具や鍋を買ってしまったり、手間のかかる保護者会の仕事を学校で引き受けたりしていた。そのたびに泉は、損をしていると思った。どうして母は、そういう役回りばかり引き受けてしまうのだろうか。もっと上手に生きられないのか。少なくとも貧乏くじを引くようなことはして欲しくない。

「なによりじゃない、体調がいいんだったら」

香織が見兼ねて口を挟む。ちょうど百合子が水素水の説明をしている時に合流して、隣に座って母の話を聞いていた。泉、ちょっと飲みすぎだよ。

「効果なんて怪しいもんだよ」

「気持ち次第なところもきっとあるよ。プラシーボ効果とかもよく聞くし」

「プラシーボとか、信じられないんだよね」

「なんだって、効けばいいじゃない」

気づくと母がまたハンカチで目元を押さえていた。絞り出すように声を出す。

「……ごめんね、泉に心配かけちゃって。香織さんもごめんね。でもね、本当にからだの調子よくなったのよ。風邪もひかなくなったし、膝の痛みもなくなったの。だから続けてもいいわよね？」

すっかり涙もろくなってしまった母にかける言葉もなく、泉は押し黙った。香織が泉に目配せをする。早く話題を変えてよ。泉は、店内に流れる陽気なジャズソングに後押しされるように明るい調子で言った。

「母さんさ、この前電話で話したことなんだけど」

「え、電話？」

「深夜にしたじゃない」

「ああ、したわね」

「それで子どものことなんだけど」

「え？　なんのこと？」

「嫌だな、この前知らせたじゃん。子どもができたって」

百合子は困惑したような笑みを浮かべている。忘れたフリをしてるのだろうか。それとも心の準備ができていないだけなのか。言ってなかったの？　香織が責めるような目で、泉の袖を引いた。もちろん話したよ、と香織をなだめながら、百合子に視線を戻す。

「母さん……やめてよ」

「そっか……そういえばそうだったわね。香織さん、泉、おめでとう！」

百合子は惚けた顔を崩し、ぱちぱちと拍手をした。香織が息を止め、母をじっと見ている。どこか乾いた拍手の音を聞きながら、泉は手のひらに広がる雪の冷たさを思い出していた。

5

「忘れてたじゃすまねえだろ」

会議室を出るなり、部長の大澤が声を荒げた。ひどく目が充血している。大澤はテレビ局や芸能事務所との会食が多く夜が遅いため、午前中の会議は決まって虫の居所が悪い。背後から田名部がすかさず鼻にかかった声をあげる。

「だから、忘れてたわけじゃないんです」

黒いフレアスカートに、エナメルのヒール。波打つ栗色の髪をシュシュでまとめ、体の線がはっきりとわかるタートルネックセーターを着ている。他の社員がパーカーやジーンズといった出で立ちなので、その女性らしさが際立つ。

「言い訳すんな」

大澤は振り返らず、吐き捨てるように言う。

「でも、私がいなかった会議の時に出た話ですし」

「なんのための議事録だよ。ちゃんと読んどけ」

「すみません、俺がちゃんと伝えておくべきでした」

泉が割って入る。巻き込まれたくはないが、このままだと話が長引くだけだ。

「葛西、部下を庇《かば》えばいいってもんじゃないんだよ。要領よくやれてると勘違いしてるんだから、こいつは」

これ以上の抗弁は逆効果だと気付き、泉は言葉を飲み込む。

ダブルブッキングが発覚した。破格の契約金を払い、インディーズから引き抜いてきた新人バンドの〝オンガク〟。一押しのアーティストとして、タイアップチームが全方位に彼らのメジャーデビュー曲を売り込んでいた。その働きかけもあって、泉と昵懇《じっこん》の大物脚本家の小見山がオンガクを気に入り、連続ドラマの主題歌に決まった。けれども情報を知らずに動いていた田名部が、大手の映画会社にアプローチしたところ、正月映画の主題歌のオファーが来てしまった。「洋楽と言われていたのを、オンガクで推したら決めてくれました」会議の終わり間際に田名部が意気揚々と発表し、全員が凍りついた。

「田名部、早く謝ってこい」

大澤が追い込むと、田名部が口を開く。目が、私は悪くないとまだ訴えている。

「映画サイドにメールをしたら、すぐに返信が来ました……」

「なんて?」

「部長と話したがってます。上出せって」

「甘えんのもいい加減にしろ!」

大澤の怒鳴り声が響いたのと同時に、奥のレッスンルームの扉が開き、首にタオルを巻いた背の低い少女たちが蟻のように出てきた。おはようございますと、次々に挨拶が続く。汗まみれでメイクもしていない少女たちは、東京ドームを満員にするアイドルには見えない。

「どっちもなんとかなんないんすかねえ……」

隣でずっと黙っていた新人の永井が、ぼそっと呟いた。頭にはスケーターブランドのロゴが入ったニットキャップ。大ぶりのパーカーのポケットから取り出したスマートフォンをいじり出す。

「大澤さん、俺が小見山先生と話してみますよ」思いつく方法はそれしかなかった。

「局のプロデューサーにも相談してきます」

隣で永井が「それそれ」と言わんばかりに頷いている。目はスマートフォンの画面を見つめたままだ。

そういえば、彼に頼んでいたミュージックビデオの進行はどうなっているのだろうか。制作会社が出してきた見積もりが予算内に収まっていないと聞いていたが、それを埋める手立ても話し合われていない。永井が連れてきた監督は作家性が強く良いものを撮るが、制作費はいつもオーバーする。撮影はもう来週なのに、いったいどうやって解決するつもりなのか。永井が根拠なく楽観的でいるのだろうと思うと憂鬱になった。田名部を睨んでいた大澤が、泉に視線を移す。

「それで収まりそうか？」

「話してみないとわからないですが、映画とうまく時期がずれたら許してくれるかも」

「映画とドラマ、どっちもいけたらいいわな」

「可能性はあるかと」

「じゃあ任せるわ」

いいニュースだけを聞かせてくれよ、が大澤の口癖だ。専らおいしい話を引き受け、厄介ごとは部下に押し付ける。人望はないが、大きなトラブルもないので出世は順調だ。

「うちの会社では〝特にやりたいことがない〟人間の方が生き残っていける」同じレーベルにいた頃、先輩の谷尻がよく言っていた。

「葛西さん、すみません。私も行きます」

田名部が頭を下げる。いつがいいですか？

「まあ早い方がいいだろうな。先方にも確認するけど明日は？　土曜だけど」

「大丈夫です」

「わかった。空けといて」

助かりました、と笑顔で頭を下げると、田名部は高級ブランドのバッグを肩にかけてエレベーターに乗り込んだ。週末に百合子の家に行くことになっていたが、これで先延ばしになるだろう。ふと母の姿が浮かんだ。寒空の下、ブランコに揺られている。母になにが起きているのか。

「ごめん泉、最近忘れっぽくて。確かに聞いていたわね」あの夜、レストランを出たところで百合子は言った。「今日だって、男の子か女の子か教えてもらおうと思ってたのよ」

こまめに百合子の様子を見にいこうと思っていたのに、目の前の仕事を優先させてしまう。


「いやー……ああいうのはベッドでやって欲しいっすよね」

小便をしていると、スマートフォンを片手に横に来た永井に話しかけられた。用を足しながら、片手で素早くメールを打っている。

「あ、お前も知ってんの？」

「知ってるもなにも、半年以上前からですよ。大澤部長と田名部さん」

「俺、こないだ聞いたんだよな……」

「泉さん、遅すぎ」永井は乾いた声で笑いながらスマートフォンをポケットに入れ、洗面台に向かう。「もうほとんど全員気付いてますよ」

「みんな敏感なんだなあ」

「泉さんが鈍すぎるんですよ。だってあのふたり、同じ日に有休とったり、打ち上げを一緒に抜けたりするんですよ。バレバレじゃないですか。もっとうまくやればいいのに」

そう言われりゃ、そうだったかもな。泉が洗面台に並ぶと、隣の女子トイレから少女たちの嬌声《きょうせい》が聞こえてきた。先ほど律儀に挨拶していた少女たちとは同一人物に思えない艶《なまめ》かしさがある。

「でもマジ勘弁してって感じです」

「なにが？」

「知らないふりって、気を使うじゃないですか。大澤部長ならまだしも、みんな田名部さんにもおべっか言ったりしてて。なんでこういうのって当事者だけがバレてないと思ってるんですかねえ。さっきの喧嘩だって、もうじゃれ合いにしか見えない」

鏡を見ながらニットキャップのフォルムを直している永井は雄弁だ。いつも会議ではほとんど黙っているのに、居酒屋やトイレだと急に喋り出す。それらはひとりごとのようで、誰に向かって話しているのか見失う。

「みんな優しいんだな。わかっているのに、気づかないふりしてあげて」

泉がポンプを押すと、手洗い用の液体石鹸が白い泡になって出てくる。

「いや、ただ遊んでるんですよ」

「遊んでる？」

「安全な場所から観察して話のネタにしてるだけ。ふたりを泳がせて、様子を見ながら楽しんでいる。俺は違いますけどね」

真顔になった永井を見ながら、同僚たちのにやついた顔を思い出していた。大澤と田名部がオフィスで話すたびに、目配せをしている。どこかで見た嘲笑だと思った。それがあの頃、母に向けられていたものと同じであることに今気づいた。

機械が吠える音で現実に呼び戻される。永井が乾燥機に手を突っ込んでいた。じゃあお先に。取り出したスマートフォンに目を落としながら出ていく。ひとり残されたトイレに、ふたたび少女たちの声が聞こえてきた。タイルの壁に反射し、必要以上に高く響き渡るその声は、悲鳴のようにも聞こえた。


長いカーブを曲がると、人工の砂浜が見えてきた。

土曜日の海辺は、買い物を終えた客で賑わっていた。アニメのイベントでもあるのか、列車の中では水色やオレンジのカツラをかぶったコスプレイヤーたちが無言のまま手すりを摑んでいる。プラスチックの座席はやけに小さく、泉を公園の遊具にでも乗っているような気分にさせる。

今朝、仕事に行くと香織に伝えたら、深いため息をつかれた。「泉はそうやって、なんでも先延ばしにするよね」テレビのニュースを見たまま、そっけなく彼女は言った。

「仕方がないだろ、大きなトラブルなんだから」直前まで予定の変更を言わなかったことを少し後ろめたく思いながらも言い返すと、香織はテレビを消して立ち上がった。

「いつもどこか他人事だよね。お義母さんのこと心配じゃないの？　仕事を言い訳にしないで、ちゃんと考えてよ」一気にまくし立てるとベッドルームに入り、乱暴にドアを閉めた。


「泉さん、優しいですよね」

隣から、甘い声がした。エメラルドグリーンの手帳にスケジュールを書き込んでいたはずの田名部が、こちらを見ていた。色素が薄い灰色の瞳。まだ肌寒い季節だが、胸が大きく開いた薄手のニットに短めのタイトスカートを合わせている。彼女の首の白さに思わず目がいく。胸元には、細いピンクゴールドのネックレスが光っていた。

「田名部、まだ紙の手帳なんだな」

目線をさりげなくエメラルドグリーンの表紙に移す。

「そうですね。でも泉さんもですよね」

部内でグーグルカレンダーを使っていないのは泉と田名部だけになった。同僚からは、スケジュール調整が面倒だから早くクラウドにしてくれと頼まれていたが、ふたりだけが頑なに紙の手帳のままだった。

「なんか自分の記憶や予定を機械とかオンラインに入れるのが怖くてさ。生理的にね」

「わかります。わたしこのあいだスマートフォンを落とした時にぞっとしたんですよ」

エメラルドグリーンの手帳を握る田名部の指に力が入る。

「焦って公衆電話探したんですけど、全然見当たらないし。やっと見つけて電話しようと思ったら親も同僚も友人も、誰の番号も覚えていなくて。怖くなりました。使い始めて十数年のものに記憶を全部預けちゃってることが」

シャッター音が連続する。コスプレイヤーたちが車内で撮影会を始めた。お互いにカメラを向け合うのではなく、それぞれがスマートフォンのインカメラをみずからに向けている。

「まあでも全部インターネットに入れちゃうのはラクだろうけどね。無くなったりするリスクもないし。みんなで共有できるわけだし」

「共有なんかしたくないし、ずっと残っている方がリスクですよ。それに消したい記憶もありますし」

そこまで話すと、田名部ははっとして泉を見た。でもそうしておけば、今回みたいなトラブルにはならなかったですよねと、眉を下げる。

「いや、伝えてなかった俺の責任でもあるし」

「巻き込んでしまってすみません」

田名部が頭をさげると、ジャスミンの香りがした。香水か、シャンプーか。服装から香りまで、それが彼女の武器であることを心得ているのだろう。

「あれから、映画の方はなんて？」

「時期がズレれば構わないって言ってくれてます」

「小見山先生も気にしていないみたいだったから、あとは局だけだな」

よかった、と田名部が囁くように言った。艶のあるピンクの唇に目が奪われる。到着音が鳴り、コスプレイヤーがぞろぞろとホームに降りていった。代わりに小学生くらいの子どもたちと両親数組が乗り込んでくる。混み合う車内で、田名部の柔らかい太ももが押し付けられる。

「……泉さんはいつ結婚したんですか？」

「二年くらい前」

唐突な質問に、前を向いたまま答える。高架を走る列車は自動運転で、運転席には誰もいない。

「どうですか？　社内結婚って」

「始めから気心が知れてるのはラクだよ。でも家でも仕事の話になっちゃうのがね、なんか休まらないというか」

「いいじゃないですか。そういうの憧れますけど」

香織さん素敵ですもんね、という呟きに、思わず田名部さんはどうなの？　と聞き返しそうになり口をつぐんだ。甘えんのもいい加減にしろ！　怒鳴る大澤の声が蘇ってくる。あの時大澤はどんな顔で彼女を見ていたのだろうか。黙り込んでしまった泉の耳元で、田名部が囁く。

「でも付き合っている時、社内でバレたりしなかったんですか？」

「バレる？」

「デートとかするだろうし。会社から一緒に帰ったりとか」

「それほど気にしてはなかったけど、全然知られてなかったなあ。だから結婚することを報告した時は、みんなものすごく驚いていた」

「そうなんですか？　でも気づかれてないって思ってるのは、実は自分たちだけだったり」

隣で微笑む田名部を見ながら、そうかもなあと苦笑いを返す。

結婚を知った社員数人から、香織が泉を選んだのが意外だと言われた。社内において彼女のイメージは「仕事」だった。「恋愛」や「結婚」からは程遠い印象であり、ましてや社内結婚を彼女が選ぶなど誰も思わなかっただろう。

五年前に焼肉屋で、父親がいないと打ち明けた時から、香織と結婚するような気がしていた。その告白をすんなりと受け止めた彼女とならば、引け目なく共に過ごせると思った。けれども彼女がなぜ泉を選んだのかは、いまだに聞いたことがなかった。

掌中のスマートフォンが慌ただしく震えた。画面を見ると、見覚えのない固定電話からの着信だった。嫌な予感がして、泉は口元を塞いで電話に出る。

「あの、葛西泉さんですか？」

「はい……そうですが」

「葛西百合子さんの息子さん」

「そうです」

なかなか用件を言わない相手に苛立ってくる。なんですか？　母がどうかしましたか？

「百合子さん、いま私たちのところにおりましてね」

「だからどこなんですか？」

「警察です」

警察、という言葉とともに音が遠ざかった。列車がガタガタと揺れる振動音が耳の奥でくぐもって聞こえる。警察官の話に曖昧な相槌を打ちながら、窓から見える目的地を眺めていた。埋立地にそびえ立つ銀色のテレビ局が、巨大な宇宙船のように見えた。

玄関を開けると、色が散らばっていた。

パンプスからスニーカー、サンダルまでがとりとめなく転がっている。ごめんごめん、と百合子がかがみこんで片付ける。狭い玄関のため、脱いだ靴は下駄箱に必ずしまうというのが泉と母との決まりごとになっていた。

「おなか空いたでしょう？　ごはん作るよ」

百合子が台所に入り、冷蔵庫を開ける。居間の窓から入ってきた夕日が、使い込まれたグランドピアノを照らしていた。調律と掃除だけは丁寧にしていたはずだが、埃が厚くかぶっている。ダイニングテーブルにある花は枯れ、花瓶の中の水が茶色く濁っていた。洗濯物だけは綺麗に畳まれ、ソファの上に積まれていた。

「いいよお茶で。駅前で適当に食べて帰るから」

台場からそのまま派出所に駆けつけたため昼食は摂っていなかったが、なにも口にする気になれない。

「そんなこと言わないで。すぐ作るから、待ってて」

警察に長い時間いたせいか母の顔にも疲れが見えたが、そうしなくてはならないという執念が、彼女を台所に立たせているようだった。

なんか手伝うよ、と泉は台所に並ぶ。ひとりでガスコンロをひねる母が心もとなく見えた。シンクに目をやると、焦げ付いた鍋が水に浸してあった。何度焦がしたのだろうか、鍋底はおろか取手までもが黒くなっている。三角コーナーにはゴミが溜まっていて、魚が腐ったような匂いを放っていた。炊飯器の横には、以前と変わらず食パンが三斤。奥のものを手に取ると、ずいぶん古いのか、裏側が黴びていた。袋のままゴミ箱に放り込み、冷蔵庫を開ける。ケチャップとマヨネーズが二本ずつ、いずれもキャップが開いたままになっている。

列車を飛び降りて向かった派出所の簡素なパイプ椅子に、背中を丸めた百合子が座っていた。制服を着た中年の警察官が、テーブルを挟んで母の顔をじっと見つめている。息子さん？　若い警察官に案内されて入ってきた泉を認めると、彼は百合子の隣にあった椅子を勧めた。

「母さん、どうしたの？」

抑えきれず、責めるような口調になる。百合子は俯いたままなにも答えない。傍らには駅前のスーパーマーケットの白いビニール袋が置いてある。

「まあ先方も、おおごとにはしないって言ってるので」

警察官は、にこやかに泉を諫《いさ》める。よくあることなのだろうか。淡々と調書の空欄を埋めていく。ボールペンと時計の秒針が、息が詰まりそうな狭い部屋に微かな音を与えていた。

「支払いは済んでますか?」泉は警察官に訊ねた。気が急《せ》いて早口になる。「母さんも、黙ってないでなにがあったか言ってよ!」

答えない母に代わって、警察官が口を開く。泉を落ち着かせるように、ゆっくりと低い声で話す。

「財布をお持ちでしたので、お代は払われました。お母さん、二時間ほどスーパーの中を歩き回っていたみたいなんですね。様子が変だと思った従業員が見ていたら、自分のバッグに卵とかトマト、あとマヨネーズなどを入れたみたいで。レジを通らず外に出ようとしたところで止められて。でも悪気はなかったようなんですよ。ご自身でも、どうしてこうなったかわからないと混乱されていました。それでこちらに連絡が来たんです」

いくつかの書類に必要事項を書かされて、泉と百合子は解放された。お母さん、次は気をつけてね。警察官は笑顔を向けたが、百合子はよほど気落ちしていたのか、最後まで一度も口を開かずに、ただお辞儀を繰り返した。

帰り際、百合子が派出所の外に出たのを見はからって、警察官が泉に小声で伝えた。

「お母さんを、病院に連れて行かれた方がいいかもしれません」

泉がシンクで洗い物をしている横で、百合子は四角いフライパンを振っている。溶いた卵が、薄く流されては固まり、巻かれていく。今日は卵焼きだけでいいや、と泉がリクエストした。

「泉、できたよ」

百合子の声とともに卵焼きが皿の上に置かれる。みずみずしい黄色の塊から湯気が立つ。

「うまそ」

甘い匂いとともに食欲が戻ってきて、急いで食卓につく。箸で半分に切って、ひとつを母の皿の上に載せた。百合子は、薬缶に沸かしたお湯で煎茶を淹れている。

「乱暴なんだから。包丁で切ってあげるのに」

味は変わんないよ、と言いながら口に入れる。焼きたての卵焼きはまだ熱く、口の中を転がし、冷ましながら嚙む。とろみを残した卵と、砂糖の甘みが舌の上で混じり合い溶けていく。

運動会や遠足の弁当には、必ず甘い卵焼きを入れてもらっていた。おかずなのにデザートのような甘さが大好きだった。泉が高校生の時、百合子が凝った〝だし巻き卵〟にした時があった。カツオのだしを取り、大人っぽい味にしてみたと母は自信満々だったが、どうしてもいつもの甘いほうが恋しくなって、すぐに元に戻してもらった。それから今に至るまで、味は変わらない。

おいしい。あっという間に食べ切った泉が口にすると、よかった、と母が微笑む。百合子の卵焼きは、いつものようにちゃんと甘くて柔らかかった。

「母さん、来週病院に行こう」

きっと杞憂だ、と思うのと同時に百合子に伝えることができた。

「そうね。行きましょう」

百合子は頷くと、自分の皿にのっている卵焼きを切って、大きい方を泉の皿に載せた。

6

歳はおいくつですか？　六十八歳です。今日は何月何日、何曜日ですか？　四月……八日、土曜日です。ここはどこでしょうか？　病院です。今から言う三つの言葉を言ってみてください。あとでまた聞くので覚えておいてくださいね。桜、猫、電車。

銀縁のメガネをかけた若い医者が、低い声で質問を重ねる。ゴルフかテニスが趣味なのだろうか。顔はずいぶんと日に焼けており、白衣をまくった腕にはたくましい筋肉がついている。桜……猫……電車。たどたどしく医者の言葉の後を追う百合子の顔は、初めて病院に来た子どものように怯えている。

「百から七を引いたら？」

「九十……三です」

「そこから七を引くと？」

「八十……えっと……」

「合ってますよ」

「八十……六」

母さん正解だ、と思わず声が出かかる。百合子が目の前で戦っている。総合病院の診察室は真っ白な壁で覆われており、どこか息苦しい。握りしめた泉の手が汗で湿っていく。医者は、眼鏡をかけ直すと間髪入れずに続けた。

「ではこれから言う数字を、逆から言ってください。六、八、二」

「二……八……六？」

「三、五、二、九」

「えっと……九……二……五……ごめんなさい」

「いいんです。大丈夫ですよ。では先ほど覚えていただいた三つの言葉を、もう一度言ってみてください」

「猫……電車……えっと……ごめんなさい……」

百合子が、助けを求めるように泉を見た。彼女の背後にある窓からは、満開の桜並木が見える。もうやめてください、という言葉が喉元まで来る。医者はじっと百合子を見つめたままだ。

「どうですか？　葛西さん？　あともうひとつです」

「猫……電車……猫………やっぱりわかりません」

泉が黙っているのを見て、百合子は弱々しく笑顔を医者に向ける。

「先生……こんな意地悪しなくてもいいのに」

不面目なさまを、冗談に変えようとしていた。


百合子がMRIで脳の写真を撮影されているあいだ、泉は診察室に呼ばれた。

「先ほどお母様に、簡単なテストをさせていただきました」

「どうなんでしょうか？」

「こちらに来られる前の物忘れの状態などと併せて診ますと、認知症がある程度進んでいると考えられます」

風邪の診断を伝えるかのように、医者はあっさりと告げた。想像したくなかったことが言語化され、泉は呆然と窓の外に目をやる。花盛りの桜が、なぜか呑気に見えた。まもなく散りゆくのを知らないかのように咲き誇っている。

「詳しく検査をしてみなければわかりませんが、おそらくアルツハイマー型だと思われます。ほかにもレビー小体型、脳血管性などいくつかタイプがあるのですが、認知症全体の半分以上が、アルツハイマーです」

アルツハイマーという言葉が母と繋がらない。まるで遠い、寓話の世界にはびこる病のように、現実感なく聞こえた。

「アルツハイマーと診断されたら、うちではアリセプトかレミニールという薬を処方します。効果があれば、進行を遅らせることができますが、それも数ヶ月から五年が限界と言われています。脳の神経細胞が少しずつ死んでいくのですが、それが起こる仕組みがまだわかっていないんです。ある種のタンパク質が発症と関係しているとは言われているのですが」

診療に訪れた人々を、めいめいの医者が呼び出すアナウンスが響いている。これだけの病が、この建物の中にある。言葉を失っている泉を見て、医者がゆっくりと語りかける。

「葛西さん、お母さんをしっかり支えてあげてください。認知症はもはや珍しい病気ではないんです。いま患者は日本だけで五百万人を超えています。八年後に七百万人、高齢者の五人にひとりが認知症の時代が来るんです」

「じゃあいずれガンのように、特効薬ができて治る病気になるのでしょうか」

「そうかもしれません。でも皮肉なことに人間というのはバランスを取るようにできている」

バランス、と泉は自分に言い聞かせるように繰り返した。百合子がいて、泉がいる。ふたりで生きてきたバランスが、またもや崩れようとしていた。

「もともと五十年も生きることができなかった人間が、長生きするようになってガン患者が出てきた。ガンが治せるようになり、さらに長生きができるようになったら、今度はアルツハイマーが増えた。どこまでいっても、人間はなにかと戦わなくてはならないんです」

医者は立ち上がると、まもなくＭＲＩの撮影を終えた母が戻ってくることを告げた。

「認知症になったからといって、何もかもを忘れたり、わからなくなったりするわけではありません。葛西百合子さんは、あくまであなたのお母さんです。敬意と愛情を込めて接してください」

ドアを弱々しくノックする音が聞こえた。その先にいる百合子がどんな表情をして待っているのかと考えるだけで胸が苦しくなった。泉が言葉に詰まっていると、それまで小声で話していた医者が、どうぞ入ってください！　とひときわ大きな声で言った。

ＭＲＩで撮影された写真を百合子に見せながら、医者はアルツハイマーの初期症状が出ていることを淡々と伝えた。母は特に驚いた様子もなく、ただわかりましたと頷いた。輪切りにされた脳を、自分の頭蓋に入っているものとして捉えることができないようだった。

病院からタクシーで家に帰るまでの道すがら、百合子はまったく口を開かなかった。泉もかける言葉がなく、ただふたり左右それぞれの窓の外を見ていた。ゆるやかに曲がった坂道の両脇には満開の桜が、春風に吹かれて花弁を散らしていた。

百合子が淹れたほうじ茶を飲みながら、これからどうしていくのかを話し合った。泉は介護サービスや同居の可能性を提案した。しばらくはひとりで頑張ってみると母は答えた。しかし、なにをどうすればいいのか、あてもなく話しているように見えた。助けてくれる人が近隣にいるか泉は訊ねたが、母は首を振った。

百合子には、親戚はおろか友人と呼べる人がほとんどいなくなっていた。歳を重ね、次第にひとりになっていく。死に近づくというのは、そういうことなのかもしれない。

「もうレッスンはやめたほうがいいかしら？」

グランドピアノの前に座って、母は確かめるように鍵盤を叩いた。ショパンの小犬のワルツ。弾き始めに二、三音ミスタッチが続いたが、すぐに調子を取り戻す。軽やかなピアノの音が小さなリビングに響きわたる。

「ちゃんと弾けるんだけどねえ」

華やかなメロディを聞いていると、母の脳が冒されていることが信じられない。

「心配なら、しばらくお休みしたら？　体調良くなったら再開することにして」

母がふたたびピアノを教える日はくるのだろうか。可能性が薄いことをわかりながら、小さな背中に声をかけた。

今ピアノのレッスンをしているのは、角の一軒家に住む美久ちゃんという小学生の女の子だけだと百合子は言った。もう歳だし、生徒さんを減らしていたの。泉に仕送りもしてもらってるから無理しなくていいしね。自分に言い聞かせるように、繰り返した。


顔を合わせるなり、彼女は泉の名前を呼んだ。

「やっぱり……わかんないかな？」

泉がうろたえていると、黒く長い髪を手で後ろにまとめる。切れ長の目が露わになり、記憶が蘇る。顔はふくよかになっているが、瞳は中学時代と変わらない。

「ああ、三好！」

「そうそう。結婚したから、今は長谷川だけどね」

「え？　美久ちゃんのお母さんが三好？」

そういうこと。彼女は満面の笑みを浮かべると、扉を大きく開き、泉を家の中に招いた。


「何年ぶりかなあ」

白い布地のソファに座り、泉は掃除が行き届いたリビングルームを見回す。同じブロックでも、目の前が団地に遮られている百合子の家よりも差し込む光が多い。

「中学卒業して以来だから、二十年は経ってるでしょ」

三好はスリッパの踵をぱたぱたと踏みながら、花柄のティーカップに入った紅茶を泉の前に置いた。茶葉に香りをつけているのか、キャラメルの甘い香りが漂う。

「こんな近くに住んでるなんて知らなかったよ」

「地元の短大を卒業して、すぐに結婚したの。夫が近くの銀行に勤めてたから、彼の両親が住んでたこの家を譲ってもらって。そのあと美久が生まれて八年」

子ども部屋から、ピアノの音が聞こえてきた。モーツァルトのトルコ行進曲。練習中なのか、同じところで引っかかる。止まるたびに、頭から弾き直す。

「……もうすっかりお母さんだ。でもかわらないね」

「そんなことないよ。すっかり太って、もう最悪。泉くんは？」

「八月には子どもが生まれる」

「ひとりめ？」

「うん。どうしたらいいかわからなくて悪戦苦闘中」

奥さんも最近機嫌悪いし、と苦笑しながら紅茶に口をつけた。でも泉くんならうまくやりそう。それよく言われるんだけど、なんでだろう。

「泉くんこそ、全然かわらないよ。昔からなんか大人っぽかった」

「まあ母子家庭だったしね。それにしても、言ってくれればよかったのに。母さんにピアノ習ってること」

「泉くんの連絡先も知らなかったし。びっくりした？」

「そりゃあね」

わたし実は、中学生の頃から泉くんのお母さんに憧れてたの。そう呟くと、三好は娘のピアノの音に耳をすませた。やはり同じところでつまずいている。高校時代と変わらない低い声で、彼女は続ける。

「……葛西先生、美人でお洒落でピアノも上手で。いつか習いたいなと思ってた。わたしは手遅れだったから、いま娘が練習中」

「やっぱり全然気付かなかった俺は鈍感なのかなあ」

「なんで？」

「よく言われるんだよ」

泉は自嘲した。うまくやりそうだけど、鈍感なんだ。


この街に引っ越してきたのは、泉が中学三年生の時だった。百合子はグランドピアノがぎりぎり置けるほどの小さな家を手に入れた。最寄りの駅から徒歩二十分ほどかかる坂の上の中古物件だったので、百合子でもローンを組めば買うことができた。ここであらたに生徒を募り、ピアノを教えるつもりだった。

転校した日。ホームルームで担任教師から紹介され、初めての教室に戸惑いながら席につくと、横から声がした。

「葛西泉くん」

毛髪が多く、眉毛が濃い少女。色白の丸顔に、線を描くように切れ長の目があった。

「はい。そうです」

同級生相手に、思わず敬語で答えてしまった。泉は恥ずかしさを紛らわせるように制服の袖を摩《さす》る。

「どっから来たの？」

「南区から」

「わたしも幼稚園の頃、そっちに住んでたよ」

三好は切れ長の目を細め、低い声で笑った。女子から声をかけられた気恥ずかしさと、構ってもらえた嬉しさがあいまって、体温が少しだけ上がった気がした。

ニュータウンにある中学校だからか、クラスの女子生徒たちのほとんどがスカートの丈を短くして、膝を露わにしていた。眉毛を抜いて細くしたり、頭髪を茶色くしている生徒が多い中で、三好の短い髪は日本人形のように黒々としていた。スカートは脛《すね》のあたりまでを覆っていて、それがひときわ垢抜けない印象を作っている。けれども彼女の素朴さが、泉を安心させた。

三好が別人のように変わったのは、夏休みを終えた頃だった。新学期初日の教室にあらわれた彼女の姿を見て、クラスの誰もが驚いた。髪の毛が梳《す》かれ明るくなり、スカートが膝上丈になっていた。白い太ももが露わになり、ブラウスを豊かな胸が押し上げる。よく見ると、唇には薄く口紅が塗られ、首元から甘い香水の薫りがした。

三好、佐古田先生とできてるらしいぜ。昼休み、弁当を食べていると隣にいたサッカー部の山内が声をひそめながら言った。放課後の教室でキスをしていた。日曜日にふたりでファミレスにいた。ラブホテルから出てくるとこを見たやつがいる。噂は瞬く間にクラスに広がり、みなが垢抜けた三好を好奇の目で見た。ぼそぼそと喋っているせいで、眠りに落ちる生徒ばかりだった佐古田の授業の様相が一変した。彼が教壇に立つ数学の時間、生徒たちは固唾《かたず》を呑んで佐古田と三好の様子を窺った。

その日、泉は自転車に乗ってひとりで校門を出た。ちょっと後ろ乗せてよ！　直後に声がかかり、三好が駆けてきた。夏休み以降、彼女と話すのは初めてだった。方向一緒でしょ、と有無を言わさず短いスカートをおさえながら自転車の荷台に腰掛けた。

部活動が始まる時間だったからか、幸い同級生の姿はなかった。こんなところを見られたらなんと言われるか。発見される前に校舎から遠ざかろうと、足に力を込めてペダルを踏み込む。自転車が加速すると、三好が泉の腰に手を回した。柔らかい胸が背中に当たる。

「……泉くんはさ、誰かのこと好きになったことある？」

「なんだよ突然」

動揺を悟られまいと、無関心な振りをする。残暑の強い日差しを浴び続けたアスファルトからは、茹《うだ》るような熱が湧き上がってくる。ふたり分の重量を載せた自転車のペダルは重く、すぐに息が切れてきた。

「ないの？」

耳元で聞こえる三好の低い声は、妙に生々しい。

「小学生の時、気になる子はいたけどさ……」

「どんな子？」

「なんか背が高くて、足がやたらと速かった」

「なにそれ。女子みたいな好みだね。かわいかったの？」

たぶん、と返した。背が高く、足が速かった初恋の人の顔は朧《おぼろ》げだ。ただ彼女が走る姿、そのシルエットが美しかったことだけは覚えていた。

「三好はいるの？　好きな人とか」

坂道に差し掛かり、泉はサドルから腰を上げた。立ち漕ぎで車輪を回す勢いそのままに訊ねた。

「いるよ！」

白々しい問いに、潔い答えが返ってきた。しかもかなり年上！　と大声で三好が付け加える。思わず焦り、泉の声が裏返った。

「なんで？」

「まあ……落ち着いてるし？」みずからに問いかけるように三好は言った。「あんまりタイプじゃなかったんだけどね。顔もカッコ良くもなくて、歳も倍以上で。しつこく言われたから付き合ったのに」

「別れちゃったの？」

「ううん。なんか、気づけばわたしのほうが好きになっちゃってて」

「それはダメなの？」

「なんか悔しいじゃん。連絡するのはいつもこっちからで、手紙とかも書いちゃったりして。でも、最近冷たいんだよね。もうわたしのこと好きじゃないのかも」

くたびれたモスグリーンのカーディガンに、曇った鼈甲の眼鏡。板書をしながらぼそぼそと数式の解を語る佐古田は、彼女にどんな言葉を返すのだろうか。好きだとか、愛しているとか、耳元で囁くのだろうか。同情とも憐憫《れんびん》ともいえない、不思議な親近感がこみ上げてきた。

「きっと……忙しいんだよ」

「泉くんはやっぱり人のこと好きになったことないんだね」勾配がきつくなり、ハンドルが揺れる。腰に回った三好の手に力が入ったのがわかる。「そうなったら、忙しいとか遠慮とか、ぜんぜん関係なくなるから」

「そんなもんなの？」

「うん。そのひとのことばっかり考えちゃうの。だれかを好きになるってことは、まるでバカみたい」

坂の頂上までたどり着くと、三好は荷台から飛び降りた。じゃあわたしこっちだから。スカートの裾が翻《ひるがえ》る。それって佐古田先生？　息を切らした泉が訊ねる前に、三好は横断歩道に向かって駆け出していた。人型にかたどられた歩行者用の青信号が、せわしなく点滅している。

「泉くん！」

横断歩道を渡りきった三好に呼ばれて振り返った。斜光に照らされて、街路樹がふたりのあいだに長い影を落としていた。

「この話、内緒だよ！」

弾けるような笑みを見せて、三好は手を振った。切れ長の目が、白い顔に細い線を引く。姿はすっかり変わってしまったが、低い声は出会った時の彼女のままだった。泉は思わず笑顔になって、手を振り返した。

それが三好と話した最後の記憶だ。

佐古田の退職は唐突だった。三好との関係が教職員たちのあいだに広まり、校長に問い詰められて自白したと噂されていた。三好の父親が激怒して、職員室に乗り込んできたのを見たと同級生たちが騒いでいた。

佐古田が退職する日、クラス全員で寄せ書きを書いた。ありがとう先生。元気でいてください。みなが定型の言葉を連ねるなかで、ひときわ目を引くものがあった。

先生のこと忘れたい。でもきっと思い出してしまうでしょう。

色紙の片隅に細い字で書かれていた。他の女生徒がカラーペンでイラストを入れているのとは対照的に、黒のボールペンでその言葉と名前だけが書きつけられている。

「だれかを好きになるってことは、まるでバカみたい」

三好の低い声が、耳元で聞こえてくるような気がした。


「昨日の夜、葛西先生から電話もらって。ピアノ教室、しばらくお休みされるみたいね」

台所で紅茶を淹れ直していた三好が、リビングに戻ってきた。こんなものしかないけれど。ティーカップの横に、様々な動物がかたどられたビスケットが盛られた皿を置いた。

「先生体調悪いの？　突然だったから驚いたよ」

「ちょっとね。急で申し訳ない」

ゾウ、カバ、ウシ、ウサギ。薄茶色に焼き上げられた動物たちのシルエットをぼんやりと眺める。それぞれの体の中央に、焼印のように英語で名前が入れられている。

「美久も毎週楽しみにしていたから残念そう。お元気そうだったのにね、葛西先生」

「いや……それについて聞きたくてさ」

「なにを？」

「母さん、最近様子どうだったのかなと思って」

百合子には黙ってここに来ていた。母の症状がどれくらい進んでいるのか、これからどう進行していくのか。昨夜ベッドで横になりながらスマートフォンで認知症について調べているうちに、気づけば明け方になっていた。

昼過ぎに目覚め、リビングに降りていくと母はまたピアノの前に座り、窓の外をぼんやりと眺めていた。軒先にある庭に、春の柔らかい日差しが落ちる。美久ちゃんに申し訳ないことをしたわね。相変わらず、ピアノレッスンのことを気にかける。ふと、美久やその母親ならばなにかしら百合子の病状について知っているのではないかと思い、訪ねることにした。

「どうだろう……わたしはそんなに会ってないから」

困惑する三好に、泉は詰め寄る。

「些細なことでもいいんだ。気になったことがあれば教えてくれないか」

「……急に痩せたというか、体が小さくなった感じはしたけど……ちょっと美久に聞いてみようか？」

三好が娘の名前を呼ぶと、トルコ行進曲のメロディが止んだ。軽い足音とともに、三好をそのまま半分のサイズにしたような少女があらわれた。クローンのように、母親と瓜二つだった。テーブルの上にあるビスケットを見つけると、いい？　と母親に確認してからペンギンを手に取った。

「先生、いつも同じところでまちがえるの」

美久は、ペンギンに続いてラクダを口に入れると泉の質問に答えた。

「同じところ？」

「トルコ行進曲。わたしがいつもまちがえているのと同じところで、つっかえちゃうの」

どうしたんだろうね？　泉は笑い、美久に合わせるように〝ＢＥＡＲ〟と刻印されたビスケットを食べた。バターの香ばしい薫りと、ほのかな甘さが口のなかに広がる。先生なのに、おかしいね。

「そうなの。先生もまちがえたね、ごめんねと言ってまたひくんだけど、やっぱり同じところで止まっちゃう」

美久は、動物を次から次へと口に入れる。百合子のことを心配しているのか、それとも気にしていないのか。表情からは読み取ることができない。気づけば紺色の皿には、ビスケットが一枚だけとなっていた。残された薄茶色のコウモリが、じっとこちらを見ているようだった。


ドア上にある丸窓からオレンジ色の陽が玄関に差し込んでいた。泉が靴を履こうとしていると、上がり口にいた三好から声をかけられた。今思い出したんだけど。

「……美久を送りに行った時に、葛西先生が家から急に出てきたことがあって」

「レッスンの日に？」

スニーカーが上手く履けず、つま先を三和土《たたき》に打ち付けながら訊ねた。サイズがひと回り小さい。ネットショッピングで買ったのが失敗だった。

「そう。先生どこにいくんですか？　って聞いたら、迎えに行かなくちゃいけないのって。誰を迎えにいくんですかって更に聞いても答えないから、今日これからレッスンですよと言ったら急に我に返ったみたいに、そうか、ごめんね美久ちゃんって。物忘れというか、不思議な感じだった」

「……それはどのくらい前？」

「三ヶ月くらい前かな。ごめんなさい、なんか変だとは思ったんだけど、そのあとは話してても普通だったし、レッスンも今までと変わらずにやってもらってたから……」

「いや三好は謝らなくても。俺も体調悪いの全然気づいてあげられてなかったし」

右足の踵が靴に収まらず、何度も蹴る。砂利を削るような音とともに、スニーカーのつま先に貼ってあるゴムが剝がれた。思わず溜め息が出る。外れたゴムの隙間から、接着剤の茶色が汚らしく見えた。

「泉くん……」靴に目を落としたままの泉に、三好が声をかける。「葛西先生には、どうか気にしないでくださいって伝えてね。また美久にピアノ教えてくださいって」

駅前のドラッグストアに入ると、過剰に照らされた蛍光灯に目がくらみそうになった。セールを告げる騒々しいアナウンスが流れ、店員が忙《せわ》しなく棚の整理をしている。三好の家を出てすぐ百合子のもとに帰る気になれず、十五分かけて駅まで歩いてきた。

なにか必要なものがあれば買っていくよ。電話で伝えると、百合子は柔軟剤と食器用洗剤を買って来てほしいと言った。それらをカゴに入れて、入り口に戻って積まれていたトイレットペーパーを手に取る。家の便所にはトイレットペーパーがなく、ティッシュペーパーの箱が床に置かれていた。一緒に暮らしていた頃の百合子は洗剤や紙が切れるのを好まず、絶えず買い置きをしていたのに。

大人用の紙パンツや尿とりパッド、使い捨ての防水シーツ、口腔ケアジェル、高カロリーの栄養サポート食品や嚥下《えんげ》しやすいおかゆなどのレトルト食品。レジに向かう途中で、高齢者用の商品がやたらと目についた。これほどドラッグストアに介護用品が置かれていることに、今まで気づかなかった。このドラッグストアも、駅前のバス停もコンビニエンスストアも高齢者で溢れている。かつてのニュータウンは、老いた街へと姿を変えていた。五人にひとりが認知症の時代が来る。昨日の医者の予言が、目の前に迫ってくるようだった。

スーパーで買った握り寿司の詰め合わせを食べ終わると、百合子はなにも言わずに寝室に入ってしまった。まるで眠気に耐えかねた幼な子のようだった。まだ二十一時だったので、泉はシンクに溜まった食器を洗い、吹きこぼしで汚れたガスコンロを磨いた。冷蔵庫に入りきらないほど詰め込まれた食品のほとんどは賞味期限が切れていて、水素水の生成タンクの中には黴が生えていた。それらを片っ端からゴミ袋に投げ入れる。詰まっていた風呂や洗面所の排水口も掃除した。細い白髪が、幾重にも絡まっていた。子どもの頃、夕食を食べて泉が早々に眠ってしまったあと、母は同じようなことをやっていたのだろう。

ダイニングにある食器棚の引き出しから溢れていたチラシや光熱費の領収書を整理していたら、積み重なるように認知症患者の手記や、治療法について書かれた本があった。

いつ買ったものなのか。胸騒ぎがして手に取ると、一冊の本に封筒が挟まれていた。

「一緒に住んだ方がいいのかな」

目の前の席に座っている香織がトートバッグの端を握った。持ち手についた、マタニティマークが揺れる。

「そう簡単にもいかないだろ。子どもも生まれてくるし、今の家じゃ狭すぎる」

つり革につかまりながら、泉は香織を見下ろす。朝の地下鉄は混み合っており、お互い小声になる。

「私は引っ越してもいいよ」

「ちゃんと考えよう。ローンだってまだ残っているし」新宿に買ったマンションのローンを、あと三十年は払い続けなくてはいけない。「子育てもあるし、香織だって仕事に戻りたいだろ？」

「お義母さんはどうしたいって？」

「しばらくはひとりで頑張りたいって。住みなれた街も離れたくないんだろうし」

私のことは心配しないで。昨夜、玄関で百合子は言った。まだ大丈夫だから。みずからを奮い立たせるように二度、三度と頷いた。来週また来るから、なにかあったらいつでも連絡して。笑いかけることもできないまま、引き戸を開けて家を出た。心細そうな母の顔を残して、戸は閉まった。

「じゃあ介護してくれる人を入れるの？」

「今のところはまだ必要なさそうだけど、近いうちにそうなるかも。初めのうちはヘルパーとかデイサービスを使うしかないと思う」

昨日、区役所の支援センターに紹介されたケアマネージャーに電話をかけた。中年の女性であろう担当者は、認知症患者が受けられるサービスについてやたらと明るい声で話した。

「それは介護サービスってことだよね」

「ヘルパーは家に来てごはん作ったり、お風呂に入れたりしてくれるらしい。デイサービスは、施設で食事や入浴、リハビリなんかを日帰りで提供するサービスみたい」

「それでうまくいくといいけど……」

香織が呟くのと同時に、地下鉄が地上に出た。眼下に大学のグラウンドが広がる。白いユニフォームに身を包んだ学生たちが、籠のようなものが先端についたスティックを振りながら走っている。

「しかもわりと安く利用できるらしいよ。介護保険もあるし」

あれはラクロスという競技なのだと、香織が以前教えてくれた。見た目と違ってかなり激しいスポーツだと聞いたのだが、春の穏やかな光が、それらを妙に呑気に見せていた。

「ひとりで暮らせなくなったらどうするのかな？　お義母さん、この間みたいに外でよくわからなくなっちゃったりすることもあるんだろうし……」

「ひどくなったら、施設に入れるしかないかもな」

「でも今はどこも混んでて、簡単には入れないんでしょ？　ずっと空きを待ってる親戚がいたと思う」

香織は、我が子の未来を心配するかのように膨らんだお腹をなでる。最近、よく蹴るの。今朝彼女から言われて、お腹を触った。ボコボコと、想像したよりもはるかに力強い振動が掌に伝わってきた。

認知症はなったら終わりではなく、むしろなってからが勝負なんです。電話の先で、ケアマネージャーは告げた。介護の良し悪しやケアの量で進行がおさえられるわけではないけれど、できるところまでは自分たちでやるしかないんです。泉を励ますように言ったあと、要介護認定のシステムや介護保険の利用の仕方について説明を始めた。難しい話ではなかったはずだが、ほとんどが耳からこぼれていった。

アーティストのジャケット撮影が夕方に終わったので、会社には戻らず行きつけの美容室に寄った。百合子の通院や仕事のトラブル処理に追われ、ここ二ヶ月ほど髪を切ることができなかった。

「ぼっさぼさですねえ」

泉が椅子に座ると、髪を梳《と》かしながら馴染みの美容師が言った。瘦せた体に張り付くようなヒョウ柄のシャツ。真っ赤なスキニーパンツに、厚底のブーツを合わせている。美容師というより、パンクロッカーのような出で立ちだ。

「もう朝とかセットするのが大変で」

「ちゃんと格好良くしとかないと、どんどんおじさんになっちゃいますよ」

美容師が笑うと、口元にぶら下がったピアスが揺れる。見た目はとっつきにくそうに見えるが、いつも居心地の良い時間を作ってくれる。

「白髪、増えてきましたねえ」

美容師は、人差し指と中指で髪を挟んで持ち上げると鋏を入れ始めた。

「やっぱりそうですか」

鏡越しに話せばいいものの、ついつい後ろを振り返ってしまう。

「後頭部とかけっこう目立ちますね」

泉の頭をやんわりと押さえて正面に向かせると、迷いのない鋏さばきで髪を切り落としていく。彼の技術は美容室内で図抜けていて、来年には店長になる予定だとシャンプーをしている新人から聞いたことがある。

「気になるなら染めます？　今のままでも雰囲気あると思いますけどね」

美容師の言葉が耳に届くのと同時に、ツンとした白髪染めの匂いが鼻をついた。隣を見ると中年の女性が長い髪の毛に白い薬剤を塗られている。それまで匂いを気にしたことなどなかったのに。

大学生になった頃、初めて百合子が白髪染めを買ってきた。恥ずかしいのか、泉の目に触れないように洗面台の下の収納に入れていた。洗濯用洗剤や買い置きされたシャンプーの裏に隠すように置かれたそれを見つけた時に、母の老いを初めて感じた。

先週末、百合子の家で見つけた白い封筒。

認知症について書かれた本に挟まれていた封筒には、隣町にある総合病院の名前が記されていた。音を立てないように椅子を引き、ダイニングテーブルに腰掛ける。空の花瓶が三つ、窓際に並べられていた。頭上から秒針の音が聞こえて見上げると、母が眠ってからすでに二時間が経過していた。封筒をじっと見つめたあと、三つ折りになり入っている紙を引き抜いた。

前頭葉、頭頂葉に血流の分布が不均一な部分がある。特に側頭葉、後頭葉に血流低下が見られる。

脳が細かくパーツ分けされ診断された検査報告書。アルツハイマー型認知症の疑い、経過観察という文字が見えた。報告書の日付を見ると、半年も前のものだった。

思い返すと、その頃、頻繁に電話がかかってきていた。用事を訊ねても判然としない時もあった。その度に、ごめん今忙しいから、と強引に電話を切った。電車で一時間半ほどの距離なのに会いにもいかなかった。

鏡越しに、焦げ茶色の薬剤を混ぜている美容師の姿を見ながら記憶を辿る。きっと、あの頃から症状が出ていたのだろう。母は何も言わなかったが、確かに助けを求めていた。それなのに見過ごしていた。もしかしたら、見過ごしていたのではなく、気付かぬふりをしていただけなのかもしれない。ひとりで検査を受けている母の姿を想像したら、息が詰まりそうになった。

混ぜ合わされた焦げ茶色の薬剤が、次第に白へと変色していく。プラスチックカップの中で脱色されていくそれを見つめながら、自分もやがて老いていくのだろうと思った。

あと五ヶ月で、子どもが生まれる。

人生はそうやって、押し出されていく。

7

右手のひとさし指でチャイムのボタンを二度三度押す。

甲高い音が押した数だけ繰り返される。足音が近づいてきてドアの前で止まった。扉の先で息をひそめて覗き穴からこちらを見ている。ばらばらと雨粒が屋根を強く打ちつける。ドアは閉ざされたままだ。拳を固めノックした。どんどんどん。水滴が手の甲をぬらす。泉！　いるの？　鍵が回る音が聞こえ焦げ茶色の扉がゆっくりと開く。なにか……ご用ですか？　顔はまだ見えない。うちの泉が来てませんか？　泉くん……ですか？　帰ってこないんです。雨が降ってきてずいぶんと寒いし。もしかして迷子にでもなったのかなって。もう小学生だからそんなことないとは思うんですけど。でも心配でいてもたってもいられなくて。もしかしたら三浦くんのうちにおじゃましてるのかなと思って。ほら泉と三浦くんなかよしだし。よくふたりで遊んでいるみたいだから。三浦くんのお母さんがドアのすきまから顔を出す。黙ったまま食い入るようにこちらを見ている。どうして答えてくれないの？　思わず声をあげそうになったが必死にこらえる。二階をだれかが歩き回る気配がした。やっぱりいるんじゃないですか？　三浦くんのお母さんが目をそらす。やはり彼女はうそをついている。泉が二階にいるんですよね！　ドアを押し開け足を踏み入れる。ちょっと！　やめてください！　三浦くんのお母さんに腕をつかまれた。その顔はのっぺらぼうだ。はなして！　手を振り払い靴のまま階段を駆け上がる。泉……泉……泉。お母さんがいま助けてあげるからね。あ……ヘルパーの二階堂さんもいる。いつもうちに勝手にあがりこんで。通帳とかお金ちゃんとかくしておかないと。ああおなかがすいた。ごはんくらいすきな時間にたべさせて！　おふろだってひとりで入れますよ！　子どもじゃあるまいし！　階段を上がってすぐ目の前のドアを開ける。三浦くんが勉強机に座り菓子パンを食べていた。みうらくん泉しらない？　目を見開き怯えた表情でこちらを見た。彼もきっとなにかを隠している。泉はどこなの！　叫ぶのと同時に机の上のパンくずが動き出した。蟻のように四方八方に歩き回る。やめてください！　三浦くんのお母さんに背後から肩をつかまれた。なぜかくすの？　どうして？　どうしてなの？　おおおおおん。怪獣のようなおたけびが外から聞こえた。家が軋み大きく揺れる。二階の窓の先を巨大な影が通り過ぎた。思わず駆け寄り外を見る。電線が鞭のようにしなって揺れている。浅葉さんはだいじょうぶだろうか？　二階の部屋を飛び出して階段を駆け下りた。ドアを開けるとどしゃぶりの雨のなか次から次へと家が坂道を滑り落ちていく。急いで坂を下ろうとするがなかなか前に進まない。お母さんまだ再婚しないんだね。泉くんちゃんとごはん食べさせてもらっているのかしら？　お父さんがいないといろいろと不便でしょう？　流れてきた団地の四角い窓のなかに大小さまざまな人影が見える。百合子さんあんなことしてよく戻ってこれたわね。泉くん寂しい思いをしただろうな。目の前を通り過ぎるひとつひとつの影がささやいている。ちがいます！　わたしは……泉も……泉だってきっと！　だれもいない車道をひとりで歩いていた。歩けど歩けど人も車もいない。鳥の声すら聞こえない。浅葉さんどこにいるの？　目を上げるとまっすぐな道の先に海が見えた。白い船がうかんでいる。雨が止んだ。いや止んだのではなく傘がさされたのだ。浅葉さんが隣にいた。ごめん百合子待った？　こうもり傘を片手に笑いかける。ううん気にしないで。ここで船を見ているのが好きだから。浅葉さんが黙ってうなずき肩を抱き寄せた。泉にはこのことは内緒なの。でもわたしいまがいちばんしあわせ。涙があふれてくる。いちばんしあわせなの。また怪獣の咆哮が聞こえた。おおおおおん。押し寄せた波に呑まれ船が傾ぐ。泉！　どこにいるの？　ひとりで帰ってしまったの？　迷子になってしまったのかもしれない。炸裂音が聞こえて目を上げた。灰色の空に半円の花火が打ち上がる。ひとつ……ふたつ……みっつ。下半分が消しゴムで消されてしまったかのように見えない。ああ……はやくあの子をみつけないと。ごめんなさい浅葉さん。わたしは泉のところにいかなければ。百合子待って。寂しそうな浅葉さんの声を振り切って船のなかに飛び込む。船室へと続く階段を一段ずつ降りていく。泉はきっとおなかをすかせているわ。あまいたまごやきを作ってあげなくちゃ。だいすきなハヤシライスも。ああおなかがすいた。通帳のかくしばしょどこにしようかしら。美久ちゃんドとファをちゃんとおさえて。だからおふろにはひとりではいるっていってるでしょう！　ところでここはどこかしら？　目の前のドアを開ける。小さな机に小さな椅子。大きな黒板。泉が手をあげている。指先までまっすぐに伸びた手。メロスは激怒した。必ずかの邪智暴虐の王を除かなければならぬと決意した。メロスには政治がわからぬ。メロスは村の牧人である。笛を吹き羊と遊んで暮して来た。

＊

突風に煽《あお》られて、傘が捲《めく》れた。

ぐにゃりと骨が曲がる感触が手に伝わり、いびつな形になる。日暮れが近づき、雨脚とともに風が強くなってきていた。もう二時間は歩き回っているが、百合子の姿は見当たらない。雨水が坂の上から川のように流れてきてスニーカーを濡らす。母さん！　何度か叫ぶが激しい雨音にかき消される。

台風は今夜遅くに関東地方に上陸すると、今朝のニュース番組で気象予報士が伝えていた。今日は早めに帰ろうかなと呟くと、じゃあ家でなにかごはん作ろうかと香織が雑誌から顔を上げた。なにたべたい？　餃子。久々に一緒に包みますか。いいね。

夕方に会社を出て、スーパーマーケットでひき肉や餃子の皮をカゴに入れている時に、スマートフォンが震えた。「ヘルパー二階堂さん」。一瞬とるのをためらい外を見ると、並木が激しく揺れている。百合子さん、お風呂に入ってくれなくて。最近ちょっと、食べ過ぎちゃっているかもしれません。お金が減ってるって仰るんですけど……。二階堂から電話がかかってくる時は、母になにかが起きた時だ。その度に気が動転したが、彼女はあっけらかんと笑いながら、大丈夫ですよと繰り返した。

「葛西さん、百合子さんがいないんです！」

泉がスマートフォンを耳に当てると、電話の先からいつになく切迫した二階堂の声が聞こえた。

「私が御宅に伺った時はもういらっしゃらなくて……しばらく近くを探したんですけど見つからないんです……今警察に連絡しました」

「またですか……」

思わずため息が出る。

「申し訳ありません……」

消え入りそうな二階堂の声が聞こえた。彼女も必死に探してくれているのだろう。お門違いなことはわかっていた。二階堂は週に三度ほど母の家に来て身の回りの世話をしてくれているが、彼女とて四六時中、百合子だけを見守り続けるわけにはいかない。

泉は急いで食品を棚に戻し、空になったカゴを置き場に投げ入れ出口に向かおうとした。けれどもカゴが傾き、うまく収まらない。そのまま行きかけたがやはり気になり、戻って荒々しくカゴを収めた。

車内アナウンスが、激しい雨の影響で運行に遅れが出ていることを伝えていた。夕方のラッシュより少し早い時間の電車は、やけにがらんとしていた。風にはためくカーテンのように、雨が揺らめきながら降り注いでいる。

この二ヶ月、香織の体調が優れず泉が家事を担っていた。出産にむけて部屋の整理をして、ベビーベッドや布団なども買い揃えた。仕事ではテレビ局のプロデューサーにごねられ、タイアップのバッティング問題の解決に手こずっていた。あいかわらず部長の大澤には当事者意識がなく、泉が矢面に立たされた。同時に懸念していたミュージックビデオの予算超過や契約ミス、アーティストのスキャンダルなどトラブルが次々と起こり、土日も会社にいくことが多く、週に半日ほどしか百合子に会うことができなかった。

「二階堂さん、挨拶もしないで勝手に家に入って来るのよ」

泉が家に来ると、百合子は待ち受けていたかのように、二階堂への不満を漏らした。

「お金もなんか足りない気がするの。もしかしたら取られてるのかも」

「そんなことするはずないよ」

「……お風呂に入るのも、自分でやりますって言ってるのになかなか聞いてくれないのよ。子どもじゃあるまいし」

ふたりで暮らしていた頃の母は、不平不満があっても言葉にしなかった。それを飲み込んで黙って生きることを美徳としているようだった。翻って今はそれらが溢れて止まらないように見える。

「ごはん出すのも遅いのよ。お腹すいちゃって。結局私がコンビニで買ってくるから、なんのためにお願いしているかわからない」

百合子は捲し立てながら、シュークリームを頬張った。四つほど買ってきたのだが、あっという間にすべてを平らげてしまった。少食だった母の変わりように驚いた。心なしか頬がふっくらしたようにも見える。本来の欲望が露わになってきているのだろうか。

つい先ほど昼食を食べたばかりなのに。

「ああ……お腹すいた。泉、昼ごはんどうする？　ハヤシライスつくろうか？」

母さん、大丈夫だよ。精一杯の笑顔を作る。先月、ガスがつきっぱなしだとガス会社から電話があった。きっとなにか料理を作ろうとしたが、忘れてしまったのだろう。それ以来、ガスの元栓を閉めている。

百合子の家の最寄り駅で降りると、二階堂が改札の外で待っていた。丸くて小柄な体を雨合羽《あまがっぱ》がすっぽりと覆っている。申し訳ございません。深々と頭を下げる。普段はこちらが心配になるほど楽天家の二階堂が、小刻みに震えているのを見て血の気が引いた。ずっと探しているんですが見つからなくて。泉さんの方で心当たりはありませんか？

そう問われて考えを巡らしてみたが、どこも思い当たらなかった。この豪雨のなか闇雲に飛び出しても仕方ないことはわかっていたが、じっとしていることもできず泉は傘をさして家までの坂道を走り出した。

先々週の夜中、百合子は歩いて十五分ほど離れたところにある家のドアをノックし続けた。幸いその家の住人が穏便に済ませてくれたのでおおごとにはならなかったが、駆けつけた泉に向かって、あなたを探していたのよ、と繰り返す母を、母さんやめてよ！と叱りつけてしまった。

母と手を繋ぎ、真夜中の街を歩いた。泉こっちよ、と先導しながら歩く母の後ろ姿はサイレント映画のように忙しなく見える。勢い込んで先を行くが、すぐにどちらの角を曲がればいいのかわからなくなる。気恥ずかしさを誤魔化すかのように、泉最近お仕事どう!?　赤ちゃんの名前決めたの!?　と話しかけてくる。百合子の大声が深夜の街並みに響く。静かにしてよ、とたしなめる自分が母のことを恥ずかしいと思っていることに気づく。

　ご本人はひとり歩きをするつもりはなくて、なにか目的があるか大人しくしていられない理由があって歩いているんです。故郷に向かうひともいれば、自分の家から逃げ出す人もいる。だからおかしな行動だとは思わないようにしてください。診断を受けた際に医者から言われたが、抑えきれず口調が厳しくなる。ファミリーレストランの中、デイケアに送り出す時、駅の構内。騒がしく話し始める母親に、ちゃんとしなよ子どもじゃあるまいし、と声を荒げてしまう。俺の母親はこんなんじゃないはずだ。


　母さん！　玄関から何度か呼ぶが反応はない。家の中は真っ暗だった。相変わらず靴が散らばっている。風にへし折られた傘を置き、居間に入って電気を点ける。人の気配はない。先週末に百合子と一緒に買った紫陽花《あじさい》の紫だけが生き生きとしていた。もしかしたら帰宅しているのではないかという淡い期待が打ち砕かれ、泉はソファにへたり込んだ。濡れた髪の毛の先から水滴が、ぽつりぽつりとフローリングの床に落ちる。強風が木造の家を震わせていた。こんな台風の渦中に、百合子はいったいどこに行ってしまったのか。たぐり寄せるように、母の言葉を思い返す。

　泉が来ないあいだに、母はみるみる記憶を失っていくようだった。病状の進行については本当にその方次第なんです。一気に進んだかと思えば、突然緩やかになったりもする。こんなに速く進むものかと相談しに行った時に、医者は淡々と言った。特にお母様はまだお若いから、ということもあるかもしれないです。

先月からは仕事帰りに寄り、なるべく家に泊まるようにした。夜になると度々ひとり歩きをし、家に連れて帰ってパジャマを着せると、ここはうちじゃない、早く家に帰りたい、と泣きながらワンピースに着替え出す。ようやく落ち着かせて、寝室に入ったと思ったら今度は夜中に起き出して、なにかを片付け始める。

泉が物音で目を覚ましてトイレに入ると、百合子が便器の横にうずくまっていた。爪先に冷たいものを感じて床に目を落とすと、黄色の液体が広がっていた。かき氷のシロップのような鮮やかな色をしており、それが尿であることに気づくのに少し時間を要した。

びしょ濡れのパジャマを脱がせ、風呂場まで連れていきシャワーで体を流した。母の裸体に目をそらしたくなる。棒立ちのまま動かない百合子を見ていたら、体くらい自分で洗ってよ、と思わず突き放すような言い方になった。母はゆっくりと石鹼を手に取ったが、そのまま呆然としている。萎れた背中に、シャワーのお湯が打ちつけていた。母さん、ごめん。泉は俯きながら百合子の手から石鹼をとり、その体を洗った。

風呂場から出るとタオルで体を拭き、介護用オムツとパジャマを渡し着替えさせる。けれども着る順番がわからなくなり、何度も着たり脱いだりを繰り返す。恥ずかしいのか、それとも寝ぼけているのか。泉、ちゃんとごはん食べた？　としきりに訊ねた。

そのあとは、少し症状が落ち着いたように見えた。ここ数日は二階堂からの電話もなかったので、久しぶりに香織と家で夕食をと思っていたのに。


座りこんでいる場合ではないと、家にあったビニールの雨合羽を頭から被り、外に飛び出した。風はさらに強くなっている。向かいの団地の庭に植えてある花が激しく揺れ、まもなく捥《も》がれようとしていた。足元には川のように濁流があり、靴下まで一瞬にしてびしょ濡れになる。

大晦日の夜、ブランコにひとりで揺られていた百合子。あの時すでに兆候は出ていた。なぜすぐに病院に連れていかなかったのか。答えのない自問をしながら公園にたどり着くが、無人のブランコが風に煽られ揺れているだけだった。そうだ、と踵を返し三好の家に向けて走る。

ドアを開けた美久が、びしょ濡れの泉を見てすぐに母親を呼んだ。昼過ぎに坂道を下りていく百合子を見たと、三好は教えてくれた。泉を迎えにいくの、と言っていたと。礼を言って泉は飛び出す。一緒にさがそうか!?　背後から三好が叫ぶ声が聞こえた。

駅、スーパーマーケット、花屋にもう一度行ってみようか。しかし坂を下りていたのが昼過ぎだとすると、もう五時間以上経っている。悪い予感に吐き気が込み上げてくる。

転ばないように気をつけながら坂道を駆け下りた。体重がすべて踵に乗り、胃を震わせた。打ち付ける雨音と、はっはっという息だけが雨合羽の中でアンサンブルのように響く。母さん、どこにいるんだ？　母の姿を求めて走りながら、ふと心細さを思い出した。

子どもの頃、よく迷子になっていた。

「保育園に通ってた頃の泉はね、すぐにいなくなっちゃうの」

初めて香織を百合子に紹介した時、母は可笑しそうに話した。

「そう？　そんな記憶ないけど」

泉が反駁《はんばく》すると、本当に覚えてないの？　と百合子は肩をすくめた。

「保育園からの帰り道、どっかに走っていっちゃうし。スーパーマーケットで買い物していると、目を離した隙にもう行方不明」

「意外です」香織が、眉を八の字にして笑う。「泉さん、優等生タイプだと思っていたけど、ずいぶんと問題児だったんですね」

「ものごころつく前の話をするのは反則だろ。どうしようもないことだし……」

苦笑する泉の言葉を遮って、母は続けた。

「そうそう。初めて遊園地に連れていった時も入ってすぐに迷子になって、結局探し回っているうちに夕方になったの。飴玉だけ買って帰ってきたっけ」

土砂降りの雨の中を走りながら、遊園地の入り口で涙を溜めながら両手を広げる百合子の姿が脳裏に浮かんだ。あの時は、母がなぜ泣いているのかわからなかった。けれども迷子の母を探しながら、泉は思い出した。

あの頃、俺はわざと迷子になっていた。

いつも母に、探して欲しかった。


掌中のスマートフォンが震える。雨に濡れた手ですがるようにボタンを押した。

「百合子さん、小学校の教室で見つかったようです」

警察からいま連絡があって、と受話器の先の二階堂は付け加えた。

「よかった……」

脱力し、足が止まった。

「でも、どうしてそんなところに？」

思わず訊ねた。こんな時にも、なにかの理由を求めてしまう。

「とりあえず、すぐに向かってください。私も今から行きますので！」

泉の返事を待たずに、二階堂は電話を切った。いつものおおらかな声とは違う厳しい口調に、背筋が伸びた。彼女の方が、母にとって大切なことをわかっている。

校門で待っていた職員に先導されながら、電灯が消えた学校の中を歩いた。台風の接近を受けてか、子どもや教師の姿はひとつもなかった。靴を脱ぎ、磨かれたリノリウムの廊下を歩くと、濡れた靴下がぴたぴたと足跡をつけた。

三階まで上がり、一番奥の引き戸を開ける。薄暗い教室の片隅で、百合子は小学生用の小さな椅子に腰掛けていた。二階堂と三人の警察官たちに囲まれ、背中を丸めて座っている。左足に黒いパンプス、右足に薄緑のサンダル。足元をちぐはぐにしたまま、一面海のようになったグラウンドを眺めていた。

「母さん！」

教室に駆け込むと、勢いそのままに叫んだ。母を責める言葉が出てきそうになったが、隣で母の肩を抱きながら目を潤ませている二階堂の顔を見て飲みこんだ。

「……心配したよ」

声が掠《かす》れた。母を見つけた喜びなのか、それとも別人のような姿に怯えたのか。ずいぶんと長い時間、雨中を歩き回っていたのだろう。薄手のワンピースは色が変わり、髪の毛からはまだ水が滴っていた。二階堂が着ていた雨合羽を肩からかけて、青白い顔でこちらを見る。

「泉……どこにいたの？　ずっと探してたのよ」

「母さん……」

「ごめんね泉。お母さんがちゃんとしてないから」

「……そんなことないよ」

「でもよかった……やっと見つけた……すごく心配してたのよ」

百合子はほっとしたように笑う。瞬間、彼女の目の端から涙が溢れた。その顔は、遊園地で両手を広げていたあの母そのものだった。

「百合子さん、良かったですね」

親子の対面を見守っていた二階堂が百合子の肩を揺らす。二階堂の唇は寒さで白くなっていたが、安堵の笑みを浮かべていた。

「はい……おかげさまで。ありがとうございます」

百合子は二階堂と警察官に向かって深々とお辞儀をする。

「息子がね、迷子になってしまったんです。もう暗くなるし、雨も降ってきて。泉ね、傘を持って出なかったんですよ。どこかでびしょ濡れになって、凍えてるんじゃないかって、心配で、心配で」

「もう大丈夫ですよ百合子さん！　泉さん、ここにいますよ！」

静まり返った教室に、二階堂のいつもの明るい声が響く。百合子は二度頷くと、目尻に残った涙を手の甲で拭きながら泉を見つめた。その手には傘が二本、しっかりと握られていた。

「泉ねえ綺麗に手をあげるんですよ。指先までぴんと伸びててね。先生もそれはさしたくなりますよ。朗読が本当に上手でね。走れメロスを授業参観の時に大きな声で読んで。

隣にいたお母さんが言ってくれたんですよ。泉くん上手ねって。会釈をしながら嬉しくて誇らしくて胸がいっぱいになったの。泉はいつの間にあんな上手に読めるようになったのだろう。私はいつも仕事ばっかりで、ろくに読み方とか書き方とか教えてあげられなかったのに」

授業参観の日、何度も後ろを振り返った。母がいるのが嬉しくてたまらなかった。仕事を休んで来てくれる母を喜ばせようと、放課後にひとりで音読の練習を繰り返した。読み終えて席について、またすぐ後ろを振り返った。教室が拍手に包まれるなか、母は目を潤ませながら小さく手を振った。いま目の前の百合子は、あの時と同じように泉を見つめていた。

8

白いスイッチを押すと、鈍いモーター音が聞こえる。しばらくすると、竹を模したプラスチックの筒からちょろちょろと水が流れ出した。

「お、きたきた」

香織が何かの実験を楽しむかのように、水流を目で追う。浅い緑色のスロープを水が滑り落ちていく。

「ねえ、たろちゃん、まだー？」

ダイニングで香織の隣に座っていた真希が、オープンキッチンの中で鍋と格闘している太郎を呼ぶ。ごめんもうすぐ！　と彼の声が聞こえるが、顔は湯気に覆われていてよく見えない。

「ごめん遅くて。お腹すいたでしょ？」

真希が、膨らんだお腹をさすりながら泉を見た。香織とちょうど同じくらいの大きさか。出産予定日が二週違いほどだったはずだ。臨月間近の妊婦がふたり並ぶと、おとぎ話に出てくる双子のように見える。泉が口を開く前に、香織が答えた。

「ぜんぜん大丈夫。こちらこそごめんね、急にそうめんとか言いだしちゃって」

「香織初めて?」

「うん。流しそうめん機、一度やってみたかったんだ」

ばこん! とステンレスが反り返る音がした。あちちっと太郎の声が重なる。もうもうと立ちのぼる湯気の先で、太郎が鍋に入った熱湯をシンクに流している。

「太郎くん、手伝うよ!」

泉は急いでキッチンに入り、鍋を支える。ざるに溜まったそうめんを、素早く流水で洗い冷やす。

「泉さん、慣れてますね」

泉の手つきに太郎が感心していると、

「昔から、そうめんは俺の係だったから」

泉はざるを持ち上げ、冷やした麵の水を切った。

香織と真希は同期入社の同僚だった。香織が新人の宣伝マンとして駆けずり回っていた頃、帰国子女で英語が堪能だった真希は洋楽担当として大きなロックフェスなどを仕切っていた。

真希は帰国子女らしいストレートな物言いで、社内では浮いた存在だった。香織も「正直苦手だった」ようだが、クラシック担当になってから一緒に海外出張に行く機会が何度かあり、そこで酒を酌み交わすうちに意気投合したそうだ。ふたりともクラフトビールとワインが好きだった。

「うわー、おいしそ」

ざるの上で光るそうめんを見て、香織が手を叩く。

「とっとと始めよ」

隣の真希が、めんつゆを器に入れる。ほら、あなたたちもどんどん流して。

「え？　これどうやんの？」

泉が困惑していると、隣に座った太郎がそうめんをがばっと箸で掬い上げ、スロープの上部に落とした。麺が解《ほど》けて、ウォータースライダーのように湾曲したスロープを滑り落ちていく。きたきた！　真希が箸をスロープの下流に差し入れ、見事に箸に絡まった麺をつゆにつけて啜る。ほら泉さんと香織も！

「香織行くよ！」

急かされた泉が、ざるにあがった麺を箸で摑み、上流から流し入れる。

「おっとっと」

香織が見よう見まねで箸を入れるが、細い麺が隙間をすり抜けて桶に落ちる。けっこう難しい！　と目を見開く。

「摑もうとするとダメなのよ。掬い上げる感じかな」

真希が耳元で助言をすると、よしっと香織は箸を構える。ふたたび流れてきたそうめんを下から掬い上げると、白い麺が箸に挟まれていた。

香織が麺を揺らしながら歓声をあげる。食べて食べてと、真希に急かされ啜った。

「おいしい？」

真希が顔を覗き込むと、

「なんかいつもよりおいしく感じる！」

香織は麺を頰張りながら笑った。


真希から結婚することを告げられたのは、昨年末のことだった。ヘッドハントされた外資系のレコード会社で出会った、アニメーションレーベルの宣伝マンが相手だと言った後に、子どもができたことを付け加えた。まるで定食にデザートが付いてきたと言うかのような何気ない口ぶりが、いかにも彼女らしいと思った。

相手の太郎はいわゆるアニメオタクで、いつでもダンガリーシャツに穿き古したジーンズを合わせ、スポーツブランドのリュックサックを背負っていた。ボディラインがはっきりとわかる原色使いの服を着ている真希と並ぶと夫婦には見えなかったが、不思議とウマが合うようだった。一緒にいると落ち着くんだよね、と笑う真希はとても幸せそうだった。

「いまプラス何キロ？」

真希が、めんつゆに刻んだ茗荷《みょうが》を入れながら訊ねた。隣で太郎はせっせと麺を流し込んでいる。

「九キロ。そろそろヤバイ。これ以上太るなって先生から怒られてる」

そう言いながら、香織はそうめんを啜る。わかっちゃいるけど、止められないんだよね。

「わたし毎朝、家のそばの河川敷を歩いてるよ。出産のときに体力ないとね」

「まずいなあ……ほとんど運動してないや。仕事もバタバタしてて」

「香織は本当に偉いよ。わたしは絶対定時で帰るし、すぐ有休使っちゃう」

真希は安定期に入ってから、ほとんどの仕事を後輩に引き継いだのだという。妊婦生活を楽しみたいから、というのが理由だった。彼女は昔から未体験のことを楽しむタイプで、レストランも旅先も同じ場所にはほとんど行かなかった。

「香織、ベビーカー買った？」

「いやまだ、何かいいのある？」

「やっぱり日本製がいいらしいよ。外国のだと大きくて改札通れなかったりするらしいから」

「なるほど。ちゃんと調べないと駄目だね」

「バウンサーは？」

「やっぱあれいいんだ？」

「マストだよ。バウンサーに置くだけで、泣き止む子もいるみたいだから。あとベビーベッドは柵が下げられるタイプのほうが絶対ラクみたい」

「赤ちゃんって意外と重いらしいからね」

「うちはジーナ式やるからさ、赤ちゃんをそっと置きたいわけ」

ジーナ？　なにそれ、と香織の箸の動きがやっと止まる。ざるの上のそうめんがいつの間にかなくなっていた。太郎はキッチンに入って追加の麺を茹で始め、泉は所在なげに桶の中で回遊しているそうめんを箸で掬う。イギリスのカリスマ・ナニーの育児方法だよ。

「良さそうだね、泉」

「ああ、うちもやってみようか」

そうだ、僕たちは普通の父と母になるのだ。堂々と、胸を張って。けれどもいま、夫婦の会話に演技のような違和感を感じる。

出産予定日が近いとわかってから、夫婦四人でよく食事をするようになった。会うと真希は出産や育児のノウハウを披露してくれた。そのたびに、泉と香織は自分たちの準備不足を痛感した。とはいえ仕事や介護に追われて対応することができず、知識だけが積もっていった。

「香織って、仕事してるときマジで怖かったんですよ」

黙って話を聞いていただけの泉を気にしてか、真希から話を振られた。

「怖かった？　そんなことないでしょ。ねえ泉？」

香織が眉間に皺を寄せる。

「そうだなあ……一緒に働いていたときは怖い印象なかったけど」

曖昧な返事を返しながら、香織の背後にある窓を見る。下町のタワーマンションの高層階からは、真夏の日差しに照らされて陽炎《かげろう》のように揺れる都心のビル群が見えた。不思議なのよ、と真希の家に来る道すがら香織が言っていた。妊婦同士って、お互いにいくらでも会話を合わせることができるの。

「完璧主義っていうか、部下にもそれを求めるからみんな大変そうでしたよ」

真希の告発に、泉も同意する。

「確かに、人に任せられないタイプだって言われてたよな」

「それは否めない」香織は笑いながら汗のかいたグラスを手に取り、麦茶を一気に飲み干す。「だからいまだに仕事抱えちゃっているのかも」

「すごいよ香織は。わたしは前みたいには働けないかも……」

ばこん！　とふたたびシンクからステンレスが反り返る音がして、そうめんが茹で上がったことを知らせた。泉が席を立つ前に、大丈夫です、次は自分でやれそうです、と太郎のか細い声が湯気の中から聞こえた。

「そんなことといいつつ、真希はすぐに復職するでしょ？」

「どうだろう。わたしはただ英語が喋れるだけで、仕事ができたわけじゃないからね。上司もそんなことは見抜いていたと思う。だから転職したし、出産も仕事を考え直すいいきっかけかなと思って。もう昔みたいに仕事に情熱を傾けられる自信もないし」

真希はゆっくりと部屋を見回す。白いリビングの隅に、おむつやおしりふき、赤ちゃん用のおもちゃなどの箱が積まれている。

「香織は、育児も仕事みたいにこだわっちゃいそうだよね」

真希が気を取り直したように笑う。空気を変えるべく、泉も同調する。

「確かに手が抜けなそうだな」

「泉も意外とこだわりそうなのに」

香織がおどけて泉を睨むと、太郎がざるに盛られたおかわりのそうめんを持ってきた。よく見ると、白い麺の合間に数本、ピンク色とうす緑色の麺が混ざっている。

子どもの頃、夏になるとそうめんをよく食べた。泉が麺を茹で、母がさつまいもの天ぷらを揚げた。食卓につくと、ざるに盛られたそうめんの中から色のついた麺をつまんで食べた。母は残った白い麺を啜っていた。

「昔は色のある麺がよかったですよね」

麺をじっと見つめていると、隣にいる太郎から声をかけられた。考えていることを悟られて、思わず言葉に詰まる。

「でもいつの間にか、普通の白い麺がよくなってて」

「……太郎くんは、いつからそうなったのか覚えてる？」

「いつからだろう……ぜんぜん覚えてないですね」

太郎は笑いながら、鰹のイラストが描かれためんつゆの瓶のキャップを開け、器につゆを注ぎ足した。

男の子？　女の子！　名前は決めたの？　まだ全然。画数とか見てもらった？　やっぱりそういうの気にする？　こないだ育児教室にたろちゃんと行ったよ。へーどうだった？　なんか恥ずかしくて気まずかった。じゃあクラシックで胎教とかやってる？　モーツァルトとか聴かせてるけど、あれもよくわかんないよね。

はしゃいでいる香織と真希をぼんやりと見ながら、ずっと母のことが気になっていた。あの日から母は、ごく普通に生きることを決めたように見えた。百合子はきっと、息子を人生の中心に据えると心に決めて生きていた。けれども認知症になったいま、ふたたび母に拒絶されたような気がしていた。

　香織と真希、隣にいる太郎がそうめんを啜っていた。もう誰もそれを流すことはなく、ざるから直接麺をとって食べている。食卓には流しそうめん機のモーター音だけが響き、桶の中に残されたピンク色の麺が泳ぎ続けていた。

　鮮やかな黄色が駅前の花屋に並ぶ。

「もう向日葵《ひまわり》出てるんだね」

　香織が三輪手に取ると、

「うちは一輪という決まりだから」

　泉は二輪を花桶に戻す。

　百合子は一輪挿しを好んだ。花だけで季節がわかるのって素敵よね。泉と花を買う時、百合子はいつもそう言った。知り合いの結婚式などで花束をもらってきた時も、そこから一輪を抜いて花瓶に入れた。

向日葵を片手に坂道を歩いた。隣を歩く香織のお腹はずいぶんと膨らみ、額から吹き出る汗を何度もハンカチで拭う。駅前からタクシーに乗ろうと提案したが、お医者さんからたくさん歩くように言われているからと、香織は徒歩で行くことを選んだ。

小学校の教室で見つかった日の深夜から、百合子は高熱を出した。翌日も熱は下がらずひどい咳が続き、救急車で病院に運ばれた。肺炎と診断され、一時は意識を失うほど悪化した。泉は少し早い夏休みを取ることに決め、病院に詰めて看病を続けた。入院してから一週間ほどで母は復調し、帰宅を許された。きっとお母さん、息子さんがそばにいてくれたから頑張ったんですよ。退院する時に、ずっと担当してくれていたベテランの看護師に肩を叩かれた。

医者の判断もあり、百合子は今まで通りホームヘルパーとデイケアを併用しながら自宅で過ごすことになった。母がひとり歩きをするようになってから、香織はずっと母の体調を気にかけていたが、病状について細かくは伝えなかった。出産が近づく妻に精神的な負担をかけたくなかったが、退院したことを聞いた香織が母に会いたいと言うので、三人で快気祝いをすることにした。

「ただいま……」

泉がドアを開けると、百合子が奥から顔を出した。顔色は前より良くなっている。目線もはっきりとこちらに向いており、ほっと胸をなでおろす。

「いらっしゃい。遠いところわざわざありがとう。早く中に入って」香織を認めると、手招きをする。「ああ、お腹ずいぶん大きくなって」

「もうからだが重くて大変です」

香織は居間に入ると、膨らんだお腹を両手で抱える。

「そうよね。わたしも泉がお腹にいた時、体重が増えすぎちゃって大変だったの。コーラばっかり飲んで、お医者さんから怒られて」

「私はチョコレートが止まらなくて」

「あら、美久ちゃんもそうなの？」

「チョコレートがようやくおさまったと思ったら、今度はフライドチキンばかり食べていて」

「いいのよ、好きなもの食べれば」百合子は、手を振りながら笑う。「さあさあ美久ちゃん、ソファに座って」

「母さん」

「泉、どうしたの？」

「美久ちゃんじゃないよ……香織だよ」

「あら、私間違えてた？」

「うん……」

「お義母さん、ケーキを買ってきたから食べませんか？」

香織が紙袋を掲げて話題を変えると、

「そうね食べましょう。紅茶淹れるわね、それともコーヒー？　インスタントしかないけど……あらお花枯れてるわね。買ってこなきゃ！」

百合子はエプロンを取り身支度を始める。

「いいよ母さん、駅前で買ってきたから」

泉は食卓の上に置いた花を指差す。

「あら、ありがとう。綺麗な向日葵。二階堂さん、しょっちゅう風邪引くから」

「風邪？」

「ああ……ごめんなさい。先生からもうちょっと運動するようにって言われてるの。でもすぐ疲れちゃう!!」

はははは。百合子は口に手を当てながら体を折った。小刻みに肩を震わせながら笑い続ける。はははは。

「母さんやだな、しっかりしてよ」

母親につられて笑顔を作るが、冷や汗が止まらない。隣の香織も笑いながら、手は膨らんだお腹をしっかりと押さえていた。

「私……そんなに頭がおかしくなったのかしら」

突然真顔になった百合子が食器棚を開ける。奥にあるお椀を手にするが、うまく取り出せないのか、食器がぶつかり合う音ががちゃがちゃと響く。

「そんなこと……ないよ」

見兼ねて泉が横からお椀に手を伸ばすと、母が叫んだ。

「バカにしないで！」

百合子は手当たり次第に茶碗や小皿を摑んで両手に抱え、うろうろと歩き出す。抱えきれない皿が次々と手からこぼれ落ち、鈍い音を立てて床に転がる。

「私、行きたくない」

「母さん……落ち着いてよ」

「あなたを捨てたから、私も捨てられるの？」

取り乱す百合子を目の当たりにした香織は言葉を失い、縋るように泉の腕を摑んだ。

「ごめんなさい……泉。私ちゃんとするから。どこにも行かないから。洗濯も掃除もするし、料理もちゃんとできるのよ」両手に食器を抱えたまま、百合子は台所に入る。

「あなたの好きな蕪のお味噌汁……さっきたくさん作ったんだから」

味噌汁？　泉は首を傾げる。母がひとりの時はガスを止めてあった。どうやって作ったのか。母を追って台所に入り、コンロの上においてあった鍋の蓋を取った。

分譲マンション、不用品回収、特売198円、新台入替、パート募集。色とりどりの文字の断片が目に飛び込んできた。透明な水の中に、千切られたチラシが投げ込まれている。息が止まりそうになって、慌てて蓋を閉めた。居間のソファに座りこんでしまった香織と目が合う。彼女もそこになにがあるのかを察しているようだった。

「お味噌汁、あったかいうちに食べないとね……」

音もなく隣にやってきた母が冷凍庫を開け、中から霜がついた箸をじゃらじゃらと取り出す。コンロの前まで歩いてきて、鍋の蓋を開けて味噌汁をじっと見つめた。

「泉……置いていってごめんね……さみしかったよね」

「母さん……その話はもういいよ」

「これから毎日いるから。あなたとずっと一緒だから。お願い……お母さんを赦《ゆる》して」

百合子はお玉を手に取り、鍋をかき混ぜる。濡れたチラシが水に溶け、魚のようにぐるぐると泳ぎまわっていた。

味噌汁の香りがした。

匂うはずもないのにそれは鼻から入ってきて胃を震わせた。急に吐き気を催し、口を両手で押さえる。泉、大丈夫？　香織の声が背後から聞こえた。目の前の母は、無言で鍋をかき回し続ける。あの時と同じように。母さんやめてくれ。えずきが止まらず、口に手をあてたままトイレに駆け込み嘔吐した。腹のなかでずっと溜まっていたなにかが、溢れ出すように口から吐き出され、真っ白な便器を流れていった。

9

蟬の声をかき分けるように、急ぎ足で自動ドアの中に入った。

地下鉄の駅から五分ほど歩いてきただけなのに、汗で濡れた背中にシャツがべっとりと貼り付いていた。入れ替わるように、ボーカロイドの均一化された歌声やパンクバンドがかき鳴らすギターの音が混じり合って耳に入ってくる。目の前には大きなテレビモニターが三台あり、レーベルが今推しているアーティストのミュージックビデオを流し続けている。

モニター横の受付で三つ子のように並んだ女性たちと目が合う。三人揃って笑顔になり、頭を下げた。パソコン画面に目を落としたまま挨拶すらしない受付の女性たちに慣れていたので戸惑い、思わず目をそらす。同じレコード会社でもここまで対応が違うと、自分の会社の印象が心配になる。

レーベルをまたいだボーカルユニットの企画があり、今日は相手側の会社でタイアップの打ち合わせをすることになっていた。約束の時間になったが、永井はまだ来ない。先方も打ち合わせが延びているとのことで、受付の女性に案内されて二階にあるカフェスペースに入った。

広い窓から、濃い緑の森が見えた。あそこに無数の蟬がひしめきあい、こちらに鳴き声を届けているのだろう。お好きなものをどうぞ、と店員に差し出されたメニューの最上段に、トロピカルフルーツジュースの写真があった。どうやら毎月リニューアルする〝おすすめドリンク〟のようだ。いったい誰がこんな派手なドリンクを飲むのだろうか。試してみようかと写真を見つめていたが、店員のご注文は？　という声に虚を衝かれ、無難なものを頼んでしまった。

ストローに口をつけ、アイスコーヒーを吸った。プラスチックカップの中の焦げ茶色が一気に半分ほどになり、深く息をつく。やっと汗が引いてきた。夕方のカフェスペースは首からカードを下げてノートパソコンをタイプする社員と、商談をしている客で混み合っていた。ふと入り口に目をやると、泉の姿を求めて彷徨う永井を見つけた。泉が手を上げると、遅れてすんません、と永井は拝むように片手を顔の前で立てた。

「渋谷のビジョンで流れてたけど、やっぱ目立つな」

アイスコーヒーの残りをズルズルと飲み干す。

「なにがですか？」

席についた永井の前に、店員がマグカップをそっと置いた。なみなみと入ったコーヒーが今にも溢れそうだ。

「いや、オンガクのミュージックビデオだよ」

「あんだけカネかけたら悪目立ちしますよね」

「お前が言うなよ」

苦笑しながら永井のキャップを叩くと、ツバが下がり目が隠れた。すんませんでした、と笑みを浮かべた口元が動く。

オンガクのミュージックビデオの制作費が予定の倍近い金額に膨れ上がっていることが発覚したのは、撮影の二日前のことだった。当初から悪い予感がして、泉は何度も進捗状況を永井に確認した。いま制作会社と調整中です。監督も予算内でやるって言ってくれてます。その度に永井は繰り返していたが、制作会社から泉のところに、予算内にまったく収まらないと泣きの電話がかかってきたことで事態が判明した。

前代未聞の予算超過に部長の大澤は激怒し、すぐにビデオの制作を止めるようにと泉に命じた。誰が責任取るんだよ！　と喚く大澤に当事者意識はなさそうだった。母のひとり歩きが始まった頃で、すぐにでも止めて楽になりたかったが、泉は永井の企画を進めることにした。彼が持ってきたコンテは、近年見たことのない迫力があった。この会社に入って泉が学んだことは、歪《いびつ》なものからしかヒットは生まれないということだった。

制作費を三割減らすことを条件に大澤を説得し、制作会社とかけあって細かくコストを下げていった。管理不行き届きということで、泉と永井は揃って始末書を書くことになったが、出来上がったミュージックビデオは鬼才と呼ばれる監督の本領発揮で、オンガクの世界観を昇華した幻想的な大作に仕上がった。セットで組まれた渋谷のスクランブル交差点で演奏するオンガク。彼らの楽器からメロディが奏でられると、嵐や雷、大波が次から次へと渋谷を襲う。奇抜な映像がインターネットで話題となり、公開後三日間で百万回以上再生され、オンガクの名前を世に広く知らしめることになった。

「今どんくらいいった？　YouTube」

「今朝見たら五百万超えてましたね」

「凄いな」

「でも田名部さんが怒ってるんですよ。結果が良ければいいんですか？　って今朝も大澤さんに突っかかってて。困りました」

永井は口の端を上げながら、スマートフォンをパーカーのポケットから取り出す。青白く光る画面を見つめている姿は、まったく困っているようには見えない。

「大澤部長はなんて？」

「いいんだようまくいきゃ、って」

「部長らしいな」

「はい。でも田名部さん余計怒っちゃって、しばらくオフィスで大喧嘩。相変わらずのじゃれ合いですよ。ほんと仲良し」

生意気な物言いだが、泉は彼の言葉のチョイスが嫌いではなかった。自分が言えないことを、代わりに言ってくれているような気にさせる。

「まだ続いてんだなあ」

「別れられてもめんどくさいから、うまくやっといて欲しいですよ」

「だな。でも、次のビデオどうすんだよ。またあの監督でいくのか？」

「いやーもう鬼才さんとやるのはやめときます。へとへとで……もう懲りました。でも、泉さんもなんか疲れてますね」

半分以上はお前のせいだよ、と嫌味を言おうとしたが、その前に永井が真顔になった。泉の顔を覗き込む。キャップのツバの下から、奥二重の目がこちらを見ていた。

「……大丈夫ですか？　お母さん」

百合子の病状を、同僚たちには説明していた。状況によっては数日休んだり、早退したりすることもあるかもしれない。百合子が肺炎になって入院した時も、事情を正直に伝えて休みを取った。田名部が同情する言葉をかけてきたのとは対照的に、永井は興味がないような顔をして何も言わなかったが、むしろその方が泉にとっては気楽だった。

「永井、なんだよ急に」

母のことを心配している相手に対する言葉として、相応《ふさわ》しいものではなかっただろう。けれども急に真剣な表情で訊ねてきた永井に対して、いつものようには返せなかった。

「実は……俺のばあちゃんも呆けちゃって大変だったんです。子どもの頃はかわいがってもらってたんですけど、仕事始めてからは疎遠になってて。会いに行けた時には、もうだいぶ進んじゃってましたね」

「アルツハイマーか？」

「前頭側頭型でした。ヘルパーさんのことをなかなか受け入れてくれなかったし、暴言とか過食がひどくて徘徊も多くて。泉さんの家は奥さんも働いているし、大丈夫かなって」

再び蟬の声が耳に入ってきて、まわりを見回した。満席だったカフェはいつのまにか人がほとんどいなくなっていた。


「実は母さん、家にいなかった時があるんだ」

百合子の家に行った日の夜、ベッドの中で泉は香織に告げた。

「俺が中学生の時、一年くらいね」

眠っているであろう香織に向かって続けた。遮光カーテンの隙間から入ってきた街灯の光が、寝室の天井に青白い線を引いていた。

「……そんなことがあったんじゃないかと思ってたよ」

香織の声が、隣から聞こえた。

「だって泉と百合子さん、ちょっと変な親子だもん」

「変か」

「うん、かなりね。近いのか遠いのか、よくわからない」

「そっか、どっちなんだろうな」

香織が察していたことに、驚きながらも安堵していた。いつも最後に事実に気づく自分は、やはり鈍感なのだろう。

「百合子さんの気持ち、わからなくもない。ずっと子どもとふたりきりだったら、そこから逃げ出したくなることはあると思う。私だって、これからどうなるんだろうってときどき不安になるよ」

彼女の声は、天井に引かれた青白い線に向かって語られているようだった。ふいに窓外からバイクの音が聞こえ、線の上を乳白色の光が移動していった。

「お母さん、どうするんですか?」

少し高い永井の声で、現実に引き戻された。そうだな、とため息混じりで返す。

「俺もそんなに仕事を休むわけにいかないし、もうすぐ子どもも生まれてくるし」

泉はプラスチックカップのなかで溶けた氷水をストローで吸った。コーヒーと混ざり薄茶色になった液体はカルキの味がした。

「今はいい施設を見つけるのも大変なんですよね。俺のばあちゃんもずいぶん待たされて。やっと入れたと思ったら、すぐに肺炎起こして亡くなっちゃいましたけど。泉さんはどうするんですか？」

「それがさ。実は昨日、決まったんだよね」

マジすか？　素っ頓狂な声をあげて、永井が溢れそうなコーヒーにそっと口をつけた。でもどうやって？

「まあ、運がいいというか」


昨日の昼、入居待ちをしていた施設の所長から電話がかかってきた。葛西さん、空きが出ましたよ。驚いて言葉を失っている泉が口を開く前に彼女が続けた。いつ頃お越しいただけそうですか？

香織と一緒に母の家を訪ねたあと、施設に入ってもらうことを決めた。香織は最後まで同居の可能性を考えていたようだったが、百合子の様子を目の当たりにして泉に同意した。介護経験のある友人に相談し、これから生まれてくる子どもの世話と、義母の介護を両立させることはどう考えても難しいことを悟ったようだった。

週末になると、泉は百合子の家の近辺の介護施設を見て回った。どこも母を入れたいと思える場所ではなかった。二階堂に悩みを打ち明けると、いい場所がありますと、海辺にある小さな施設を紹介してくれた。面白い女所長さんと娘さんでやっている小規模のホームなんですが、ちょっとユニークな方針で経営されていて評判が良いんです。海の近くで、景色も綺麗でおすすめですよ。

電車に乗って二十分ほどで最寄り駅に着いた。そこからタクシーに乗って十分。大きな古民家を改造したグループホームが見えてきた。小柄で童顔な中年女性と、顔はそっくりだが頭ひとつぶん背が高い娘が泉を迎えてくれた。なぎさホーム所長の観月です、お待ちしていました。童顔で笑いながら、泉をホームの中に通した。

母が認知症になり、ひとり歩きが始まっていること。東京での仕事が忙しく、妻がまもなく子どもを産むこと。いくつかの施設を見て回ったが、そこに預ける気になれなかったこと。泉が早口で事情を伝えると、向かいのソファに座った観月と娘はゆっくりと頷きながら耳を傾けていた。珍しい話ではないのだろう。大丈夫ですよ、と瞳が語っているようだった。時おり杖をついた男性が泉の前を横切り、観月と娘のあいだに腰の曲がった女性が座ったりしたが、観月は気にする様子もなく話した。

「葛西さんは、マクドナルドとかドトールコーヒーに行かれます？」

はい……行きます。質問の趣旨がよくわからず小声で答えた。

「じゃあそこに、七時間とか八時間いられます？」

「そんなに長くはいられないですね」

「そうですよね。健常者でも同じ場所にずっといるのは辛いんです」

窓の先に見える庭に寝転がったチワワが、暖かい太陽に照らされてあくびをしていた。去年入居した高齢者が連れてきて、そのまま飼っているのだという。世話はおじいちゃんおばあちゃんがみんなでしてくれるんです。でも餌をやりすぎちゃうからすっかり太ってしまって、と観月は肩をすくめた。

「リノリウムの床と白いコンクリートの壁に囲まれて、小さなテレビをみんなで見て、プラスチックの器で食事をする場所」

「そうですね」

「葛西さんがそこに住めと言われたら、何日いられると思いますか？」

「いや……どうでしょう」

「施設それぞれで考え方があると思うんです。コストや効率のこともあります。でも私は、そういう環境に半日も耐えられないと思います。きっと逃げ出したくなるでしょう。見舞いに来る家族も帰りたくなるような場所に、認知症の方々が住みたいと思うはずがありません。だから外に出ようとする。それを閉じ込めるためにドアを何重にもする。

もっと逃げたくなる。言葉も荒くなるし、暴力を振るったりもする。それは当然のことに感じます」

「ここの方はみなさん認知症なんですか？」

ダイニングテーブルを囲み、夕食になにを作るか語らいながらいんげんの筋を取っている入居者たちは、脳の病気を患っているようには見えなかった。窓際にある古いロッキングチェアに座った女性は、器用に針を動かしレースを編んでいる。

「みなさんそうです。意味や出来事の記憶はなくなっても、手続きの記憶は残っている。だから名前は忘れても、料理や手芸はできる。ここは手や足で触れるものや目に入るもののほとんどを木材や布など自然の素材で作るようにしています。冷たい情報がなるべく体に伝わらないように。窓やドアに鍵はかかっていませんが、逃げだす方はほとんどいません。ひとり歩きや暴力などは症状です。認知症そのものを治すことは難しくても、ストレス要因を減らすことで、症状を抑えることはできると私たちは考えています」

リビングルームの片隅に置かれた、黒いアップライトピアノが目に入った。古いがよく手入れされているのがわかる。泉がじっと見つめていると、隣でずっと黙っていた観月の娘が口を開いた。

「入居者の方が持ってきたものです。もう亡くなられてしまいましたが、そのまま使わせていただいています」

白い日差しに照らされて光るピアノを見て、初めて母が生活するべき場所を見つけた気がした。母の終の住処には、音楽があるべきだ。けれども同時に、この環境なら誰もが望むはずだと思った。どのくらい待てば入れるのか？　気が急いて訊ねた。

「今入られている方はみなさん長くて、十年以上の入居者もいます。待たれている方々も多くて、長い方は五年を超えています」

観月の言葉に失望したが、当然のことだとも思った。けれども、五年も待つことはできない。きっと他を探すしかないだろう。宝くじを買うような気持ちで、長いリストの末尾に名前を列ねることを伝えた。

「悲しいことですが、入居者の方が同時期に三人亡くなってしまったんです」

電話をかけてきた観月に、いったいどんな奇跡が起きたのかと訊ねると、彼女は答えた。長年なぎさホームにいた入居者も亡くなる時は突然で、ひと月のあいだに立て続けに空きが出たのだという。急いでお待ちいただいていた方々に連絡をしたんですが、どなたも亡くなっているか、すでに入居先を決めていまして。

泉は来月頭から百合子を入居させることを伝え、すぐに二階堂に電話をかけた。一足飛びに順番が回ってきた。

「泉さん、よかったすねえ」

永井がスマートフォンをいじりながら呟く。メールを返信しているのか、しきりに親指を動かしている。

「お前全然思ってないだろ」

思ってますよ、と答えるが目線はスマートフォンに注がれたままだ。永井がなにか本音を言う時は、スマートフォンかノートパソコンの画面を見ながら話すということに気づいたのは、半年前くらいのことだ。

「いやほんとに。泉さんの分も頑張りますから、俺」

まあ頼むわ、と泉が笑うのと同時に、受付にいた女性が来て泉たちを呼んだ。約束の時間からすでに二十分が過ぎていた。やっとだな、と泉はため息をついて立ち上がる。

「泉さん」

呼び止める声がして振り返ると、永井が帽子を取ってこちらを見ていた。

「……ずっと言おうと思ってたんですけど」

「なんだよ?」

「オンガクのビデオの件、迷惑かけてすみませんでした。制作費……最初からハマんないのわかってて、クビ覚悟でやったんです」

永井は深く頭を下げた。手元のコーヒーからはまだ微かに湯気が出ている。

「でも、このまま言われた仕事だけこなして、無難なもの作ってても、たぶん俺みたいな人間は認めてもらえないなあって思って。うまく話せないし、社交も段取りも下手ですし。だから作るものでなんとかするしかなくて……無茶しちゃいました」

返す言葉が見当たらず黙り込んでいる泉の前を、赤からオレンジへ鮮やかなグラデーションを描くグラスが横切った。四人の女性社員、いずれの手にもトロピカルフルーツジュースが握られていた。大きくカットされたパイナップルと真っ赤なチェリーが、夕暮れの空のような色の上にあった。

「泉さん、作らせてくれて本当にありがとうございました。俺、迷惑かけないようにします。泉さんの負担が減らせるように頑張ります。俺、ばあちゃんのこと後悔してるんですよ。いつの間にか呆けてて、俺のこと忘れちゃって。ばあちゃんって、一体どんな人だったんだろうって、よくわかんないままいなくなっちゃった気がするんです。だからお母さんに、時間を使ってあげてください」

10

力強い夏の日差しが水面を照らし、光の道を作っている。

ほら、海。百合子に声をかけタクシーのウインドウを下げると、潮の香りがした。百合子がゆっくりと窓の外を見る。綺麗ねえ、と目を細めて呟いた。

「海を見るたびに、あの大きな魚を思い出すんだよね」

吹き込んでくる潮風を顔で受けながら、泉は言った。

「大きな魚？」

百合子が、海から泉に視線を移す。

「小学生の時、初めて釣りしたじゃない」

「ああ泉、大きな魚を釣り上げて」

「そうそう。あれはびっくりしたなあ、針に餌つけて海に投げ入れたらいきなり魚が食いついて、必死にリールを巻いて」

泉が右手をぐるぐると回すと、

「三十センチの大物だったわよね」

と、百合子は両手を広げた。

「あのあと何回か釣りに行ったけど、あれが最高記録だった」

「あなたはビギナーズラックだけはあるから。初めて引いた福引で自転車を当てたり、最初の運動会のかけっこで一等になったり。あ、でも泉違うのよ」

「なにが？」

「あなたが魚を釣り上げたのは、海じゃなくて湖よ」

泉の目を見つめて、百合子は言った。今日の母は珍しく調子が良く、言葉がしっかりしている。ごく普通の親子の会話。タクシーの運転手も、行き先さえ知らなければ、百合子が認知症であるとは思わないだろう。

「母さん、海だって。俺はっきり覚えてるから」

「私はその湖の名前まで言えるけど。泊まった民宿の名前も。釣り上げた魚は虹鱒《にじます》で、それを民宿で塩焼きにしてもらって。泉、美味しい、美味しいって食べてたじゃない。思い出せない？」

そう言われると、湖のような気がしてきた。確かにあの日、手漕ぎボートの上で大魚を釣り上げた。ボートが大きく揺らぐ感覚と、焼いた魚についた塩の辛さだけが、妙にはっきりと蘇ってくる。きっと母の記憶の方が、正しいのだろう。

百合子がアルツハイマーだと診断されてから、泉は昔のことをよく話すようにしていた。ものごころがついた頃からの百合子との体験を、ひとつひとつ思い出しながら伝えた。症状が進んでいくなかで、それが母の記憶をつなぎとめる術だと何となく思っていた。

毎晩せがんで読んでもらった怪獣と少年の絵本、バターと砂糖で甘く煮たにんじん、片方のミラーが取れてなくなった青い車のおもちゃ、庭で育てていたけれどアブラムシがついて枯れてしまったプチトマト、絵が上手くいつも漫画を描いていた同級生、小学校を卒業するまで捨てられなかったパンダのぬいぐるみ。記憶の中で湖を海と誤認していたのと同じように、大抵は母の方が記憶は正確で、泉の思い出はたびたび修正された。甘く煮たのはにんじんではなくかぼちゃで、車のおもちゃは赤色だった。

忘れていく母が、覚えていること。いつも、百合子の記憶の鮮やかさに驚かされた。母から訂正されるたびに、自分の記憶がいかに曖昧で、都合よく書き換えられているのかを知ることとなった。

ふと母の手元を見ると、花柄のポーチが握られている。

確か中学二年生の時だった。その年の元日に泉が百合子に渡した誕生日プレゼント。母はとても喜び、毎日カバンの中に入れて持ち歩いていた。もう二十年以上経っているので、色はずいぶんと褪《あ》せているがシミや汚れはなく綺麗なままだ。

「母さん、まだ持ってたんだ」

泉が目をやると、

「私の宝物だもの」

百合子はポーチを白い手でさすった。

泉が高校に通い始めた頃、百合子がポーチを失くしたことがあった。どこで落としたのかしら？　母は青ざめた顔で家の中を探し回った。それから五日間、百合子は交番に毎日通い、駅までの道を何往復もしたがポーチは見つからなかった。ごめんね泉、一所懸命選んでくれたのに。いいよ母さん、どうせ安物だし。

泉は気にしていなかったが、百合子は落ち込んだままついに寝込んでしまった。どうしたらいいのかと泉が困り果てていると、警察から電話がかかってきた。お探しのポーチ、バス停のそばで見つかりました。こちらでお預かりしていますね。

急いで交番に向かった。警察官からポーチを受け取った母は、白く細い指でぎゅっとポーチを握りしめた。もう二度と、手離さないからね。その花柄の中に、なにが入っているのだろうか。思えば一度も中を見たことがなかった。いま、こっそり開けてみたい誘惑に駆られた。

タクシーが海沿いの道から路地に入ると、フロントガラスの先に瓦屋根の古民家が見えてきた。あそこがこれから母の家となる。隣に座る百合子はただじっと前を見据えている。緊張しているのだろう。ポーチを握った手が小刻みに震えているのを見ていたら、急に母を見捨てるような気分になった。週末に遊びに来るね。聞かれてもいないのに、言い訳のような言葉を発していた。いいのよ。仕事も忙しいだろうし、子どもも生まれてくるんだから。泉の気持ちを見透かしたように、百合子は優しく微笑んだ。

なぎさホームの前では、観月と娘が並んで待っていた。

タクシーのトランクから荷物を下ろし、引き戸を開けて中に運び込む。ここがトイレで、こちらにお風呂があります。あちらが職員がいる部屋で、むこうの食卓でみんなでご飯を食べます。観月の娘が、板張りの床をゆっくりと歩きながら案内する。ここがトイレで、こちらがお風呂……。指差し、確認しながら百合子が後をついていく。小さな背中が、右へ左へと動き回る。

ぎしぎしと音を立てる木造の階段を上がり、入居者それぞれの部屋を案内される。初めまして、葛西百合子と申します。これから宜しくお願いします。なかには返事ができない入居者もいたが、ひとりひとりに丁寧に挨拶し、持ってきたクッキーを渡して回った。

「こちらが葛西さんのお部屋です」

観月の娘に案内されたのは、二階の角部屋だった。カーテンを開けると、大根畑の先に濃紺の海が見えた。

「葛西さん、運がいいですね。海が見えるのはこの部屋だけなんですよ」

後をついてきた観月が笑いかけると、この部屋だけ……と反芻《はんすう》し、百合子はほっとしたように破顔した。

ボストンバッグに詰め込んだ少ない着替えと、一輪挿しの花瓶。化粧品や歯ブラシ。ポケットラジオ、ドライヤーなどの電化製品。それらを取り出し、六畳ほどの部屋に収めていくと、すぐに入居準備は整った。あっけなく終わった引越しのあと、泉は百合子と並んでベッドに腰掛け、遠くに見える真夏の海をただ黙って見つめた。人間の持ち物は、記憶と比例するのかもしれない。死に向けて、必要なものは少しずつ減っていく。なぎさホームでの生活について観月からの説明を聞いたあとホームを出ると、西日が海を照らしていた。玄関先で百合子、観月と並んでタクシーの到着を待つ。

「これから、どうぞよろしくお願いします」

道の先にタクシーが見えた瞬間、百合子は凜とした口調で言い、観月と泉に深々と頭を下げた。白髪で覆われた襟足が見える。

「こちらこそよろしくお願いしますね。葛西さん」観月は笑顔になり、百合子の腕をとった。「泉さんもいつでも来てくださいね！」

「はい……また来ます」

近づいて来る黄色の車体を見つめたまま、泉は小声で答えた。母の方を見ることができなかった。

タクシーに急いで乗り込み、駅まで、と運転手に伝えた。ドアが閉まるのと同時に、百合子の唇が動いたように見えた。なにかを伝えたかったようだが、聞き取れないまま発車した。バックミラーのなかで小さくなっていく百合子の姿を見つめながら、彼女の言葉が耳元で聞こえたような気がした。

お花、買ってきてね。


焦げ付いた鍋が積まれているコンロ下、バラバラに重なりあった食器、紙袋に詰め込まれた菓子。家主がいなくなった小さな一軒家に戻り、百合子の物を片付けていった。タッパーに入れられ、冷凍庫に詰め込まれていた切り干し大根や豚の角煮を捨てながら、今まで何度母の手料理を食べてきたのだろうと思い返した。どこか名残惜しく、しばらくのあいだゴミ袋の中で溶けていくそれらをじっと見つめた。

キッチンの整理が終わると洗面所に入り、大量に買い置きされていたシャンプーや洗剤、石鹸などをかき集めた。持って帰ろうかとも思ったが、新たに子どもが生まれてくる家には相応しくない気がして、処分することにした。荒れた庭、散らかった下駄箱、物で溢れかえった押入れ。百合子の生活に勝手に踏み込むようで気が引けたが、とはいえ他人に任せる気にもなれなかった。古いアルバムや幼少期の写真が見当たらず、そういえば捨ててしまったのだと思い出す。あの日、泉は何かを諦めるかのように家にある写真すべてをゴミ箱に投げ入れた。

気づけば、外は薄暗くなっていた。並び立つ団地の窓に光が灯っていくのを横目で見ながら、手付かずになっていた本棚の整理に取り掛かる。百合子が好んで読んでいたアガサ・クリスティやエラリー・クイーン、アーサー・コナン・ドイルなどのミステリ小説の文庫本の奥に、ニューヨークやロンドン、インドやトルコの古いガイドブックが並んでいた。母はほとんど海外旅行に行ったことがなかったのに。本棚の中で、母の意外な願望に触れることとなった。

ファッション誌や音楽誌、洋楽のＣＤやミニシアター系の映画ＤＶＤなど、自分のものはほとんど処分したが、母の本は、一冊も捨てることができなかった。百合子がミステリ小説やガイドブックをふたたび読む日がくるとは思えなかったが、今捨ててしまうともっと遠くに行ってしまう気がした。

書棚の上には家電の取扱説明書や保証書、年賀状や手紙などが雑然と積まれていた。それらをひとつずつ下ろして整理しようとした時、千切られたメモが落ちた。

見慣れた母の細い字で、たくさんの言葉が書かれていた。

葛西百合子。

一月一日生まれ。

息子の名前は泉。甘い卵焼きとハヤシライスが好き。レコード会社で働いている。ヘルパーの二階堂さんは十時に来る。食パンを買わない。美久ちゃんのレッスンはもうない。泉の奥さんは香織さん。お花を切らさない。トイレは寝室の横。晩御飯はもう食べた。泉に迷惑をかけない。ちゃんとひとりで生きる。ベビー服をプレゼントする。電球と単三電池とハミガキ粉を買う。

どうしてこうなってしまったのだろう。
泉ごめんなさい。

百合子が繋ぎとめようとしていた記憶の断片が、そこに溢れていた。ここがトイレで、こちらがお風呂。なぎさホームで何度も復唱していた母の声。バックミラーのなかで小さくなっていく姿が脳裏に浮かぶ。ホームの玄関先に立ち、心細そうな顔でこちらを見ている。床に落ちたメモの上にぽたぽたと水滴が落ちた。悔しいのか、悲しいのか、得体の知れない感情に襲われ嗚咽《おえつ》が漏れた。滴り落ちる涙を拭うことなく、震える手で一枚一枚メモを拾い集めた。

最後に、押入れの下段の一番奥に置かれていた箱を開けた。

見慣れない一粒真珠のネックレスとともに、ふたつの日記帳があった。

１９９４と１９９５。

黒い表紙に、年号だけが記されている。中年男性の手帳のような地味なデザインで、わざと目立たないものを選んだように感じた。ぱらぱらとめくると、１９９４年のものがほぼ毎日書き込まれているのとは対照的に、１９９５年は最初の数日しか書かれておらず、あとは白紙になっていた。

味噌汁の匂いがふたたび込み上げてきて、思わず鼻と口を押さえた。

百合子は、突然いなくなった。

泉がまもなく中学二年生になろうとしていた、四月の雪の日だった。朝、いつものように朝食を作り、ちょっと出かけてくるねと言い残したきり、行方をくらました。

あの日、泉は母に捨てられた。

日記をめくりながら、記憶が蘇ってくる。忘れようとしていたこと。泉と百合子のあいだで消えたことになっていたあの一年のことを。

四月三日

奥さん、この荷物そっちでいいですか。

そう言われて思わず口ごもった。答える前に、体の大きな引越し屋さんが、かかとを踏んだスニーカーを脱いでかまちをまたぐ。軍手をはめた熊のような手で、ふたつ重ねたダンボールを持ち上げている。肩まで捲った白いTシャツの袖から、膨らんだ筋肉が見える。

こちらへ。かすれた声で寝室を指差した。積み木のようにダンボールが重ねられる。三往復ほどで荷物はすべて運び込まれた。

作業終了確認の書類に署名を求められ、ボールペンで「浅葉」と書き慣れない名字を記す。浅葉さんはリビングでテレビの配線に悪戦苦闘している。

引越し屋さんが帰ると、浅葉さんがこういうの苦手なんだよな、とつぶやいた。理系のはずなのにね、と合いの手を入れると恥ずかしそうに笑った。彼の笑顔が好きだ。子どものように、顔をくしゃくしゃにして笑う。

線路に面した小さな寝室、ダイニングを兼ねたリビング。部屋がふたつしかないから、あっというまに掃除機をかけ終えてしまった。ずっと一軒家だったから、マンションの掃除はなんて簡単なんだろうと驚く。

映ったよ！　浅葉さんが私を呼んだ。

寝室の角に置かれたテレビが夕方のニュースを映している。見慣れない地元局のアナウンサーが、アメリカの南東部を襲ったハリケーンのニュースを伝えていた。灰色の竜巻が、農家のトタン屋根をはがして空高く舞い上がらせていた。

浅葉さんと、駅前のスーパーマーケットにでかけた。

晩御飯なにしようか。豚の生姜焼き、肉じゃが、サバの味噌煮。カレーライスにでもする？

今夜浅葉さんのために、初めて料理をつくる。ふたりで相談しながら、野菜から肉、魚と取りとめもなく食材をかごに入れていく。少し前を歩く浅葉さんのかごには、大きなボトルに入った醬油、米袋に味噌、塩やバターが入っている。

そのとき気づいた。これから毎日彼のために食事を作り、一緒に寝て、起きるのだ。夢みたいに、現実感がなかった。ずっしりと食材が入ったかごの重さだけが、それが本当であることを私に教えてくれていた。

両手いっぱいにビニール袋を下げて、並んで線路沿いを歩く。空はすっかり暗くなり、吐く息が白くなる。夜になると、まだ肌寒い。

百合子さん、ちょっと寄っていい？

彼が立ち止まり、ふくらんだビニール袋を持った手で前方を指す。

小さな書店があった。ガード下にぽつんと、唐突に店があらわれた。古びた赤いビニールのひさしの下から、電球色の光が漏れている。

ガラスの扉を開け、そっと足を踏み入れた。狭いながらも店内は清潔に保たれていて、古い本屋にありがちなカビた匂いもしなかった。棚は少なかったが、小説にしても雑誌にしても、読まれるべきものがきちんと選ばれ、置かれているような気がした。

きれいに整頓された書棚の先にあるレジには、おばあさんがひとりで座っていた。ラジオの音が微かに聞こえている。店主だろうか。背を丸め、置物のように微動だにしない。客がいることに気づいているかどうかもわからない。けれども彼女がいることで、ここが書店として成り立っている。そう感じさせるたたずまいだった。

浅葉さんは書棚をゆっくりと二周ほど回ったのちに、文庫本を三冊手に取った。

いずれも歴史小説だった。私にそれを見せ、おじさんみたいかな？　と自嘲する。

薄い唇のあいまから、白い歯が見えた。彼はすべてが白い。顔は白くなめらかで、手も甲から指先まで血管が見えるほど透き通っている。

猫背だが身長は私より頭ひとつ高く、すらりと長い手足がのびている。いつもグレーのスーツを身につけていて、休みの日でも白いシャツの上にジャケットを羽織る。

あまりセンスがよくないから、と以前彼は言っていた。着る服で悩みたくないから、学生服の延長みたいなものばっかり着ている、と。

確かに彼は〝おじさんみたい〟なところがある。だから安心して一緒にいられるのかもしれない。

百合子さんも好きなの買いなよ。そう浅葉さんに言われたけれど、特に読みたい本もなく、レジの前にあった日記を手にとった。

黒い合皮の表紙に、年号だけが書かれたもの。

〝おじさんみたい〟なその日記を買うことにした。これなら目立つことはないだろう。やっと始まった私たちの生活。誰にも見つかってはいけない。

四月四日

浅葉さんが仕事に行った。

入学式の後、大学の教授たちと新年度のカリキュラムについて話すようだ。

ボストンバッグをあけて、下着といくつかのブラウスやワンピース、薄手のコートなどを押入れの中の衣装ケースに移した。私の荷物の片付けは、あっけなく終わった。本や楽譜、アクセサリーや化粧品すら持ってこなかった。ピアノも、生徒たちも、大切なものも、すべてあの家に置いてきた。

積み重なったダンボールから、浅葉さんの洋服をひとつずつ取り出していく。どこか甘い匂いがした。彼の匂いだ。思わず抱きしめたくなる。まだ家を出てから一時間も経っていないのに、もう会いたい。こんなことを彼に知られたら、気持ち悪いと思われるだろうか。

一番下にあるダンボールには、船舶関係の論文や専門書がたくさん入っていた。壁際に据え付けられた本棚に背丈を揃えて収めていく。

本の隙間に一枚のCDを見つけた。シューマンのピアノ曲が収録された、ウラディミール・ホロヴィッツのアルバム。出会った頃に私が勧めたものだ。いつ買ったのだろうと、思わず嬉しくなる。

歌うように奏でられるホロヴィッツのピアノが好きだった。譜面通りに弾かず、テンポを自由に変えてしまう。けれども強さと儚さが同居する演奏はいつまでも記憶に残る。律儀で折り目正しい弾き方しかできない私にとって、ずっと憧れの存在だった。

思い返せば、日記をつけるのは高校最後の夏休み以来だ。

あの時はまさに三日坊主だった。日記なのに誰かに読まれることを気にして書いていて、すぐに疲れてやめてしまった。

あれから日記をつけようとは思わなかった。生きていくので精一杯だった。大切なことをたくさん忘れてしまったような気もするが、覚えていられないことならば所詮たいしたことではないのだろう。

だけど今は、とにかく書いておかなければと思っている。

私がなにを見て、どう感じていたのかをどこかに繋ぎ止めておきたい。浅葉さんの切れ長の目、低くて柔らかい声、長い指で耳をさわる癖。すべてここに書き留めておこう。

四月五日

小さなベランダに出て洗濯物を干していたら、雨が降り始めた。

他に干す場所もないので、部屋の中に戻り、洗濯バサミで吊るされた靴下を眺めていた。

私のものと浅葉さんのものが交互に並んでいる。こんなに足の大きさが違うのかと、思わぬ発見をする。

五階の部屋の窓からは、高架を走る電車が見える。クリーム色と朱色のツートーンカラーの車体はどこかなつかしく、かわいらしい。駅の先にある車庫には、出庫を待つ電車が二列。けなげに出番を待ちながら、雨に濡れている。

浅葉さんと出会った日も、雨が降っていた。

土曜日の夕方。優子ちゃんのレッスンが終わり、ひとりで窓に打ち付ける雨粒を眺めていた。夕食の食材を買いに行かなくてはいけなかったが、雨脚が強く、外に出る気になれなかった。

すると彼が訪ねてきた。ピアノを習いたいんです。灰色のスーツを濡らしながら彼は恥ずかしそうに言った。友達の結婚式で、なにか弾けたらと思いまして。

彼は隣駅にある大学で働いていた。坂の上の団地に住んでいて、私の家の前を通りかかるたびに、看板に目をとめ、ピアノの音に耳をすましていたという。


「どんな曲が弾きたいですか?」

私が訊ねると、彼はシューマンが好きだと言った。ショパンやモーツァルトはよく聞くけれども、シューマンとは珍しい。私も珍しい人間のひとりだった。同好の士と出会い、嬉しくなって聞いてみた。

「ご存知ですか、シューマンはずっと愛する人のために曲を書いていたんですよ」

「ピアニストのクララですよね」浅葉さんは即答した。「シューマンは彼女にラブレターを送り、曲を書き続けた」

「素敵な話ですよね。最後は結婚にまでこぎつけて。ちなみに一番お好きな曲は?」

「トロイメライです」

浅葉さんのふたたびの即答に嬉しくなって、私は笑いながら同意した。声が少し高くなっていたかもしれない。

「子供の情景、第七曲。私も一番好きな曲です。あの曲の由来はご存知ですか？」

「自分の子どもたちのために作った曲だったのでは？」

「普通そう思いますよね」わたしが言うと、彼が困惑した表情になった。話の続きを催促するように、じっとこちらを見つめている。「シューマンがあの曲を書いたのは、クララと結婚する前のこと。彼はクララの父親から結婚を反対され、隠れて手紙を送り続けていたそうです。そんな時クララが『あなたはときどき、子供のようね』と返信した。彼女の言葉の余韻で作ったのが、子供の情景です」

浅葉さんが、宝物を見つけた少年のように笑った。

「いつでもクララのために曲を書いていたんですね」

そう呟くと、鍵盤を叩くような指の仕草を見せた。左手の薬指には、まだ新しい銀色の指輪が光っていた。


それから毎週土曜の夕方、トロイメライを練習した。

三ヶ月後、友人の結婚式の日までに弾けるように、その曲だけを繰り返し教えた。彼は指が長く、器用に動かすことができたので上達が早かった。電子ピアノを買って、家でも練習をしているのだという。真面目な性格だなと思った。なにより、ピアノが好きになってくれたようで嬉しかった。

思えばずっとピアノのある家に住んでいた。子どもの頃から、リビングにはいつもグランドピアノがあった。
今、この小さな部屋にピアノはない。でも寂しいとは思わない。

四月六日

浅葉さんの担当する講義の時間を教えてもらった。
ほぼ毎日九時に出て、十七時には終わるらしい。
木曜日は十一時から。水曜日は十五時まで。
毎日朝と夜は、一緒にごはんが食べられるね。
私が思っていたことを先に言ってくれた。

夕方、買ってきたばかりの食器を一枚ずつ洗い、台所横のガラス戸の棚にしまった。
ふたつずつ並んだグラスや皿を見ていると心が弾む。

今日の晩ごはんは、ビーフシチューにする。

四月十一日

浅葉さんが大学に行ったので、近所を散歩することにした。

マンションのすぐそばには細い川が流れていて、散った桜の花びらがピンクのじゅうたんのように見えた。

遠くには青々とした山が連なっている。反対側には海が見える。山から海へとむけて、この町はゆるやかに傾いている。

海側に目をやると、大きな酒蔵が並んでいた。テレビCMでも見たことがある、鶴が羽ばたいているマーク。ここが発祥なのだろう。


最寄りの駅から川に沿ってゆるやかな坂を登っていくと、古い公会堂が見えてくる。薄茶色の建物が、丸い帽子のような展望台をかぶっていた。

ちょうど昼時だったので、地下にある古い食堂でランチを食べた。

とろっとしたデミグラスソースの上で、鮮やかな黄色のオムライスが湯気をあげている。もう六十年以上続くこの食堂の看板メニューだと、厨房にいたおじいさんが教えてくれた。デミグラスソースの甘さとケチャップライスの酸味が、卵のまろやかさと混ざり合って口の中で溶けていく。夢中になって、スプーンを口に運ぶ。あっという間に食べきり、グラスの水を一気に飲み干した。とてもおいしい。今度は浅葉さんを誘って食べに来よう。

彼を連れてきてあげたい。そう思ったら、いてもたってもいられなくなって、気づいたら大学に向かう電車に乗っていた。この町から大学の最寄り駅までは五駅あるけれど、この路線は駅と駅の間がとても短くて、十分ちょっとで着いてしまった。駅から海に向かって歩いて五分。巨大な高速道路の高架の先に、大学のキャンパスが見えてきた。校門から、学生がぞろぞろと出てくる。船舶を専門としている学部のキャンパスだからか、ほとんどが男子学生だ。年甲斐もなく彼に会いに来てしまったことが恥ずかしくなり、俯きながら校門をくぐった。

警備員の目を盗んで、そっとキャンパスに足を踏み入れる。

白い校舎の屋上に、銀色に光る天文台が見えた。どの校舎も三階ほどの高さで、それぞれの前には木のベンチが置かれていた。どれにも、座っている学生はいない。校舎を抜けると、グラウンドが見えた。ベージュ色の土が、めいっぱい広がっている。サッカーや陸上、ラグビーなど、部活動の学生たちが走り回っていたけれど、みなグラウンドの広さを持て余しているように見えた。

ベージュ色の先にある小さな港には、真っ白な船が停まっている。

今度の大学は、大きな船を持っているんだ。

嬉しそうに話していた浅葉さんをふと思い出した。

四月十二日

昨日のつづき。

グラウンドのベンチに腰掛けて、しばらく白い船を見つめていた。

いつか浅葉さんは、この船に乗って海に出るのだろうか。行き先はアジアかヨーロッパか、果てはアフリカか。そんなことを想像したら、なんだか寂しくなった。

寂しさは私をなかなか自由にしてくれない。

いつのまにか、日が陰り始めていた。

「百合子さん、来てくれたんだ」

背後から、低く柔らかい声が聞こえた。振り返ると、浅葉さんが私を見ていた。

「ちょうど講義が終わって校舎の外に出たら、見覚えのある後ろ姿があってびっくりしたよ」

浅葉さんは、笑いながら私の隣に腰かける。知らない土地にきて、お互い少し大胆になっている。

「どうして船の研究をしようと思ったの？」

浅葉さんと並んで白い船を見ていたら、ずっと聞いてみたかったことを思い出した。

「本当は建築家になりたかったんだ」浅葉さんはしばらく考えたあと口を開いた。「でも試験でおっこちて工学に進んで。そこから船にたどり着いた。もともと乗り物が好きだったんだよね。特に船は好きで。車なんかは量産するけど、船は家みたいに一隻ずつ作るし」

仕事の話をする時、浅葉さんはいつも早口になる。きっと嬉しくて気が急いているのだろう。そのことに彼は気づいているのだろうか。

「飛行機が一九〇三年に誕生して、自動車は一七六九年。でも船は五千年前からある。古代エジプトではナイル川で石を運んだ。江戸城や大阪城の石垣の石も船で運んできたんだ」

　私も好きよ、船。海辺から見ているだけでも飽きないもの。相槌を打ちながら伝えると、浅葉さんはさらに早口になった。

「僕が研究している流体力学では、船のプロペラが大事なんだ。少しプロペラの形状が変わるだけで、燃費が良くなったりする。でも終わりがない研究で。ナビエ・ストークスの方程式という流体力学の根本原理の数式は、いまだに誰も解けていない」

　一気に話したあと、浅葉さんはしばらく黙り込んだ。私はなにも言わず、彼の様子をじっと見ていた。少しいじわるだったかもしれない。

　すると彼は苦笑いをしながら「あんまり面白くないよね、こんな話」とつぶやいた。

　私は彼の手をそっと握り、知らないことを教えてもらうのは楽しいと伝えた。

四月十五日

　ピアノレッスンの後に、浅葉さんとお互いの親の話をしたことがある。

私はシングルマザーとして子どもを産んでから、両親とは疎遠になっていることを告白した。

浅葉さんのお父さんは、彼と同じように学者だった。浅葉さんが五歳の時に、父親は家族ではなく、海外での仕事を選んだという。

「父がヨーロッパに旅立つ時、船を見送りに港に行ったんです。母が隣で泣きながら手を振っていて。その時、お母さんと僕は捨てられるんだなと思った」

彼はピアノの前の椅子に座ったまま続けた。

「汽笛が鳴って、船が離れていく時に色とりどりの紙テープが甲板から投げられた。空を舞う七色の紙テープの先に見える船が、群青色の海に出ていく様がとてもきれいでね。父に捨てられた悲しい気持ちと、あの美しい景色が混ざり合って、いつのまにか船への愛着に変わっていったんです。なんか変ですよね」

ダイニングテーブルの椅子に座っていた私はゆっくりとかぶりを振った。

彼の気持ちを心の底から理解することができた。

悲しい気持ちが、美しい景色と溶け合って愛へと変わることが確かにある。

浅葉さんとは、ふたりでひとつの真実を見つけるような会話ばかりだった。

南半球と北半球をお互い探検してきたふたりが出会い、地球の全てを知るような、そんな気持ちになることがたびたびあった。

四月十九日

高架下にある本屋さんで、ガイドブックをいくつか買ってきた。何冊もガイドブックを買う私を、店主のおばあさんはきっと変な女だと思っただろう。

ロンドン、ニューヨーク、インドにトルコ。浅葉さんと、世界中を旅する日々を想像した。

もしも浅葉さんとイスタンブールに行ったらどうなるのだろう。ブルーモスクを見て、バザールで買い物をする。サバがはさまれたサンドイッチを食べた後、水たばこをたしなむ。気さくなガイドに騙されてトルコじゅうたんを買わされて、スリにもあって、一文無しになって途方にくれたりするのだろうか。それでも彼さえいてくれたら、きっと幸せなのだろう。

私はついに特別な人に出会ってしまったのだ。

いつも左斜め後ろの髪の毛がちょこんと跳ねている浅葉さん。癖毛なのだろうか。朝起きた時から、夜寝る前まで、いつもそこだけが反乱を起こしている。きっと浅葉さんは、あの跳ねた髪のことを知らない。まだ気づいていない。

でも教えてあげたら私だけのものではなくなってしまう気がするので、言わないでおこう。

四月二十七日

夕方五時になると、町のどこからかドヴォルザークの「家路」が聞こえてくる。子どもの頃に住んでいた大きな一軒家。夕方五時。二階の部屋で、外から聞こえてくるこのメロディを聴いていた。さようならで、またいつかで、ただいまのようなメロディ。

いつも音楽が終わると、母が作る味噌汁の匂いがした。

ああ、もうすぐ晩ごはんだ。浅葉さんが帰ってくる。

食事の下ごしらえを始めなければ。

今日は豚の生姜焼きと、大根の味噌汁にしようと思う。


浅葉さんは、食べ物の好き嫌いが多い。

初めて食事をした時に、それがわかった。レタスやほうれん草などの葉野菜が苦手で、イカやタコ、貝のたぐいも好まなかった。レバーやもつなども食べることができない。

父親が海外に行った後、母親は仕事に忙しく、食事をつくってもらうことはほとんどなかったという。

「お金だけ渡されて、いつも好きなものを買って食べていたから」

皿の上でよけられた葉野菜に私が目をやると、浅葉さんは気まずそうにつぶやいた。

あの子と同じ左利き。


夜になると仕事を終えた電車が、車庫にぞろぞろと帰ってくる。

窓の外に八列に連なった光が見えた。

電車のホテルみたいだ。

五月二日

あの時、高校時代の同級生に会うと嘘をついて、家を出た。

友人の結婚式でのトロイメライの演奏が大成功に終わり、お礼に食事を、と浅葉さんに誘われていた。


少し離れたところにある賑やかな街で彼と待ち合わせをして、目当てのレストランに向かった。けれども店は改装中だった。

浅葉さんは予約をしていなかったことを詫びると、ちょっと待っててください、と次の店を探して走り出した。夜の繁華街に消えていく不恰好な後ろ姿を、私はじっと見つめていた。

数分後に息を切らしながら戻ってきた浅葉さんは、困り果てた顔で言った。

「お店はいくつかあったのですが、すっかり慌ててしまって……どこがいいのかよくわからなくなってしまいました」

思わず噴き出した。おかしさとともに、愛おしさがこみ上げてきた。

浅葉さんは困惑した表情のまま、額の汗を拭っていた。


駅ビルのなかにある洋食レストランを私がすすめ、ハンバーグを食べることにした。白い紙ナプキンを上げ、熱い鉄板から飛んでくる肉汁を受け止めながら、ふたりで笑いあった。

どんな子どもだったのか、なぜピアノを始めたのか、どういう恋愛をしてきたのか。

浅葉さんにいろいろ聞かれた。葛西先生に興味津々なんですと、無邪気な笑顔を見せた。

私は、質問にちゃんと答えることができなかった。

あまり覚えていない、と繰り返した。答えたくなかったわけではない。この人になら話してもいいと思っていた。けれども、記憶をひとつひとつ辿ってみても、霧がかかったように、詳細は判然とせず言葉が続かなくなってしまう。

「自分のことはまるで思い出せないんです。息子のことならば、すべてつぶさに覚えているのに」私はデザートの後に出されたエスプレッソに口をつけた。それは深く焙煎されていて苦かった。「思い返せば、あの子と生きていくのに精一杯で自分のことはあまり考えてこなかった気がします」

浅葉さんは、私の顔をじっと見つめていた。そして深く息をつくと言った。

「じゃあ、これからは自分のために生きてみたらどうでしょうか。せめて僕と一緒にいる時間だけでも」

店内のスピーカーから、跳ねるようなピアノの音が聴こえてきた。「ワルツ第七番」。ショパンが書いた、踊れない円舞曲。

浅葉さんはいつも、正しく弾こうとするばかりに硬くなってしまう。もっと楽しんで弾いてくださいと伝えた。音楽、なのですからと。

そうですねと苦笑いをした直後に、譜面を睨むように見つめながら鍵盤を押し込む彼を見ていると、音楽というのはどこまでも人そのものなのだと感じた。

彼は、踏み外すことができない人間なのだ。

私も同じだ。

アドリブは許されない。

ひとつひとつ丁寧に音を重ねていくしかない。

しばらくワルツに耳をすましていると、それがホロヴィッツの演奏だとわかった。その音は軽妙でありながら、どこまでも力強く私の背中を押した。

自分のために生きてみる。

一気に、霧が晴れたような気がした。

あの子のために生きると決めた時から、時間もお金も、心もすべて自分のものではなくなった。それでいいと思っていた。でも浅葉さんといる時だけは、自分のために生きてもいいのかもしれない。この人といる時だけは。

これからたくさん思い出を作りましょう。レストランを出る時に、彼は言った。気づいたら、浅葉さんとホテルに入っていた。

誘ったのは私だ。

五月三日

誰かに優しくされるのが苦手だった。

それがシングルマザーである私への同情から来ているような気がして、素直に受け入れることができなかった。

でも浅葉さんには、そういった優しさはなかった。

ただ、そっと私のそばにいてくれた。


神戸で働くことになった。

唐突に浅葉さんは告げた。ベッドの上で、私の体を後ろから抱きながら。

ふたりで会うようになってから、半年が経っていた。

なぜ？　いつ？　私はどうすればいいの？

たくさん聞きたいことが頭に浮かんだけれど、私はただ、うん、とつぶやいた。

新しい大学では教授の職で迎えられること、妻と子どもはこちらに残していくこと、小さなマンションを借りる予定であること。それらを浅葉さんは、私の耳元でひとりごとのように話した。


浅葉さんは、気がきいたり、話がうまかったり、器用に立ち振る舞うことができる人ではなかった。生真面目で、純粋で、少年のようなひと。

一方で、根っこから、誰に対しても情が欠けているようなところがあった。どこかその言葉はうわの空で、本心をつかみきれない。けれども私には、彼の純粋な薄情さがちょうどよかった。

浅葉さんは最後まで、一緒に来て欲しいとは言わなかった。

いつも彼はなにも決めない。決めるのは私だ。食事のメニュー、デートの行き先、待ち合わせの時間。でも私が決めたことにかならず、いいねと言ってくれる。私のことを受け入れてくれる。きっと彼は私が別れようと言っても、少しだけ寂しい顔をして、仕方がないねと言うのだろう。

そして今、私はここにいる。浅葉さんと一緒にいる。

ずっと、あの子とふたりで生きていくのだと思っていた。この孤島だけでいいと信じていた。

ひっそりと閉ざされた小さな港に、迷い込んで来た白い船。

浅葉さんが船の上から私を呼んで、私は飛び乗ってしまった。その船がどこにいくのかは知らなかった。

でも、それでいいと思った。

六月九日

浅葉さんが帰省してから、ずっとひとりで家にいる。

青空を横切っていく飛行機や、線路を行き来する電車を数えて過ごす。

私がこうしてじっとしていても、世界は勝手に動いていく。

置いていかれるようで焦る気持ちと、妙に安心した気持ち。ふたつが混ざり合って、私をより動けなくさせている。

散らかった郵便物の整理をしていたら、メジロとヤマセミの切手が目に入った。はがきが五十円で、手紙が八十円。そういえば年明けから、郵便の料金が上がっていた。

この半年、ハガキも手紙も出していなかったことに気づく。

ひさしぶりに便りでも書こうかと思いたち、ペンを手に取った。

でも誰に？　すぐに筆が止まる。

私は、浅葉さんを選んだのだから。

そう自分に言い聞かせる。

六月十三日

夕方、浅葉さんが帰ってきた。

旅行鞄を玄関に置くなり、味噌汁に入れる豆腐を切っていた私を後ろから抱きしめた。

首筋に何度もキスをして、腰を両手で撫でるように触った。背後でカチャカチャとベルトを外す音が聞こえた。ちょっと待って、という私の声が聞こえないのか、ブラウスのボタンを外し始める。彼の荒い息が耳元にかかり、この数日間忘れていた疼《うず》きが一気に戻ってくる。膝から力が抜け、足が震える。この指が、声が、からだの匂いがすべて愛おしい。

裸のまま布団で横になっている時、浅葉さんが金魚鉢に気づいた。

彼が留守のあいだに、隣駅にあるアクアショップで買ったことを伝えた。

小ぶりのリュウキンと、それより少しだけ大きな同種。寂しくないように、つがいで買った。
真っ赤なその二匹に、モミジとカエデと名前をつけた。

七月十日

浅葉さんの徹夜が続いている。
研究や論文が立て込んでいるようで、朝まで研究室にこもりきりだ。

ひとりで眠っていると、よく夢を見る。
こわい夢、かなしい夢、たのしい夢。
ほとんどの夢で、いつも私はひとりぼっちだ。
でも昨日見た夢には、浅葉さんが出てきて嬉しかった。
それなのに彼とどこでなにをしたのか、まるで覚えていない。
なんだかもったいない。
これからは見た夢を、書きとめておくことにしよう。

夢というものは、みなが毎日見ているが、覚えていないだけだと聞いたことがある。

忘れてしまった、ほとんどの夢たち。

そこにどんなものがあったのだろうか。

八月三日

浅葉さんの誕生日の準備をするために街にでかけた。

デパートの地下で、ケーキを選んでいる時に声をかけられた。

「ゆりちゃん？」

音大時代の同級生のYがいた。

ハーフのような彫りの深い顔、幼い声、すらりとのびた細い手足。目元や首にはシワが見られたが、人形のようなたたずまいは驚くほど学生の時とかわらない。同じような顔をした娘ふたりを左右に連れて歩いていることだけが、あれから二十年以上経っていることを物語っていた。

「やっぱりゆりちゃんだ！　変わらないね！」私が固まっていると、Yは続けて訊ねた。「ゆりちゃん、なんで神戸にいるの？」

具体的な地名が耳に入ってくるのと同時に、記憶がよみがえる。

Ｙは大学を卒業したあと早々に結婚して、夫の転勤と同時に神戸に引っ越した。明るくて、可愛くて、いつも大声で笑うムードメーカー。送別会で彼女は泥酔して、泣きながら同級生ひとりひとりに、神戸に遊びに来てね、一緒に牛肉食べよ、と言って回っていた。


「私も、夫がいま神戸で働いていて……」鏡に反射させるように、Ｙと同じ境遇であることを伝えた。「それで家族みんなで引っ越してきて」

「そうなんだ！　何年前くらい？」

「うん。去年、かな」

「へえ、子どもは？」

「男の子ひとり。もう中学生」

そこまで話した時に、自分が子どもを産んでから、大学時代の友人と会ってなかったことに気づく。もちろん報告など誰にもしていない。

「へえ、男の子？　どこの中学？」

「あ、石屋川の方の」

焦ってとっさに、今住んでいる駅の名前を出す。

「石屋川って、中学あったっけ？」

言葉を失い、あたりを見回す。目の前のショーケースのなかには、フルーツで彩られたケーキが並んでいる。こんな状況なのに、どのケーキにしたら浅葉さんが喜ぶだろうかと考えている。

「ああ、御影中かな」私が黙っていたら、Yが話を進めてくれた。「いいわねえ。ゆりちゃんみたいな優しいお母さんだったら、大好きで離れたくないって感じでしょ？」

「そんなことないよ。最近反抗期だし、体力だけがあり余ってるというか」

「うちも女の子というより、すっかり女って感じで、マセてて大変よ」

そう言うと、Yは自分と同じほどの背丈の娘ふたりに目をやる。いつのまにか、少し離れた場所にあるチョコレートショップで品定めをしていた。

「でも、どこまでも女の子はお母さんの味方だからね。うらやましい」

「そんなこと言っても、いつかは結婚して家を出ていっちゃうもの」

「男の子だって、結婚したらうちに寄り付かなくなるわよ」

気づけば、どこにでもあるような〝母親〟の会話を繰り広げていた。物があふれ、人が行き交うデパートの地下。色とりどりのケーキが並ぶショーケースの前で、どこかで聞きかじったことのある母親同士の会話をYと続けた。

音大を卒業したあと、ピアノの教師をやってたんだ。結局ピアニストにはなれなかったけど、やっぱりピアノが諦めきれなくて。そのあと友達の紹介で知り合った大学の助教授と結婚したの。船のプロペラを研究している人。よくわかんないよね。私もいまだになにをやっているのか、わからないもの。地元に中古の一軒家を買って、三人で暮らしていたんだけど、夫が教授職として神戸の大学に呼ばれて、それで一緒に引っ越してきたの。始めは戸惑ったけど、慣れればとてもいい町よね。静かで、山も海もきれいで。もっと子どもが小さい頃にここで育ててあげられればよかったねって夫とも話してる。こっちにきてからはピアノ教師もやめて、今は趣味程度にしか弾いてないな。かわりに息子がエレキギターにハマっちゃって。もう、毎日うるさくて仕方ないの。あきれるくらい全然うまくならないから、私がギターを練習して教えてあげようかと思ってるくらい。

笑いながら、はしゃぎながら、淀みなく〝私の人生〟について話していた。

真実と嘘が混じり合い、なにが本物なのかわからなくなってくる。話しているうちに、本当に自分がそう生きてきたような気がした。

記憶を書き直せば、それはすべて私のものになる。


三十分ほどYと思い出話に花を咲かせた後に、連絡先を交換して別れた。

「また会おうね！」

Yは人形のような細い腕を大きく振りながら、ふたりの娘をつれて去っていった。あらためて見ると、彼女は〝母親〟の顔をしていた。

私の顔は、どう見えていたのだろうか。

八月十日

デパートの地下で買ってきた豪華な惣菜と手作りの料理、いちごのバースデイケーキ。浅葉さんはどれも喜んで食べてくれた。

もう三十代最後の歳かあ、と彼はつぶやいた。

私より六歳も年下だなんて、いまだに信じられない。

浅葉さんのことを年下だと思ったことはあまりなかったけれど、彼が寝ている顔を見ていると、ときどきああそうなのかと思う。

明日から、三日間帰省。

八月十一日

二ヶ月に一度、浅葉さんは家に帰る。

奥さんと子どもと会っているのだろうけど、その話をすることはない。

彼の家は、ここではなく向こうにある。

だとしたら、この部屋をなんと呼べばよいのだろうか。鳥がつかのま羽を休める、止まり木のようなものなのか。


ひとりで待っていると、出産前の気持ちがよみがえってくる。

あの時、少しずつ大きくなっていくお腹を抱え、誰にも会わずに家のなかで過ごしていた。掃除、洗濯、料理。日々の家事を淡々とこなし、ピアノを弾いた。

ひとりで子どもを産む。あの日々は、思っていたより寂しいものではなかった。

命を育む喜びをひとりじめできる、そんな幸せに満ちあふれていた。


それでも夜は寂しくて、不安で眠れなくなることがあった。

そんな時は、散歩にでかけた。

生まれてきたら、なにを食べようか。どこに行こうか。どんな音楽を聴こうか。

ピアノは好きになるかなあ。

夜道をゆっくりと歩きながら、お腹の中にいる子どもと話し続けた。


ひどい陣痛に苦しみながら、ひとりで病院のベッドにいた。

父も母も、来てくれなかった。

淡い期待を裏切られ、悲しみに沈んでいた。

波のように、寄せては返す激しい痛み。ベッドで丸くなり、心細さに震えていたら、お腹のなかの赤ちゃんもがんばっているんだよと、産婦人科のおじいちゃん先生が声をかけてくれた。

がんばれ、がんばれ。

自分とあの子にむけて、ベッドの上で声を振り絞る。

しだいに波が大きくなり、耐えられないほどの痛みがやってきた。意識が遠くなりかけた時、看護婦さんが飛び込んできて分娩室に運ばれた。

真っ白い光のなか、歯を食いしばっていた。
二度、三度。
がんばって！　もう少し！
おじいちゃん先生の声が聞こえた。
バーを持つ手に力を入れていきむ。汗が止まらない。
四度、五度、六度。思いっきり腰に力を入れる。
体から芯が抜けるように、あたたかいなにかが生まれてきた。
ぎゃあ、おぎゃあ。
それは、弾けるように泣いた。
生まれた！　生まれたよ！
先生が、真っ赤なあの子を渡してくれた。
震える手で、それを抱いた。あたたかくて、やわらかい。
ありがとう。
気づくと、涙があふれてきた。
ありがとう。やっと会えたね。これからはふたりだよ。

どうしてこんなことを書いてしまったのだろうか。

しばらく日記はおやすみすることにする。

九月二十九日

一階の角部屋に空き巣が入ったらしい。

警察が五階の私たちの部屋まで来て、いくつかの質問を投げかけた。最近見覚えのない人間の出入りがなかったか、昨日の昼間に物音がしなかったか。

いずれも心当たりがないと私は答えた。記憶を辿ればそういうこともあったかもしれないけれど、とにかく早く終わらせたかった。

警察は、あなたのことも疑っていますよ、という目をこちらに向けた。もし彼が、私と浅葉さんを見たら、本物の夫婦ではないことに気づくのだろうか。

すぐに家を出て、駅前の喫茶店に入った。

店頭のショーケースに、蠟細工のナポリタンや目玉焼き、トーストやクリームソーダが置かれている古い喫茶店。店主のおじいさんは、注文を取る時以外は声をかけてこない。何時間いても居心地が悪くならない店で、ひとりコーヒーを飲む。

「怖いこともあるもんやなあ」

突然、隣から声をかけられた。

薄茶色のレンズの眼鏡をかけた男が、ミートソーススパゲティを食べながらこちらを見ていた。神棚のような高い位置に置かれたテレビからは、ベテラン芸人が早口で漫才をしている声が聞こえる。

「おたくは大丈夫やった?」

この男は誰だろうか? 見覚えがある顔を、じっと見つめる。男がなにかに気付いたのか、眼鏡を外した。厚ぼったい一重の目が露わになる。

隣の部屋に住む男だった。引っ越してきて半年が経つが、会釈程度でちゃんと話をしたことがなかった。はい、大丈夫でした。と、小声で答える。

「物騒な世の中やわ、ほんま」

隣人はテレビに向かって言った。平日の昼間に喫茶店にいるということは、仕事をしていないということだろうか。とはいえ日中、隣からなにか音が聞こえたことはなかった。私が小さく頷くと、男は続ける。

「それにしても、けったいやで」

「けったい……ですか？」

「管理人に聞いたんやけど、金目のもんはほとんど盗まれてへんかったみたいや」

「じゃあなにを？」

「家族写真が入ったアルバムやら使い古した鞄、あと木彫りの熊とか観光地で買うたペナントがなくなったんやって」

そこまで言うと、隣人はずるずると蕎麦をすするようにスパゲティを食べた。テレビの中の芸人が同じギャグを何度も繰り返している。

「ぶははっ」

口の中にスパゲティを詰めこんだまま男が笑った。声が、くぐもって聞こえる。

「ほんまおもろいわあ。わろてまう」

男の声に呼応するかのように、貼り付けたような観客の笑い声が喫茶店に響いた。


ふと、昔に読んだ小説を思いだした。

少女が住む街に、灰色の男たちがやってくる。彼らが盗んでいくものは〝時間〟だ。街の大人たちは気付かぬままに時間を盗まれ、あくせく働きだす。少女はそのことに気づき、奪われた時間を取り戻そうとする。

家族写真が入ったアルバム、使い古したカバン、木彫りの熊にペナント。

盗まれたものを頭の中で反芻する。それらが〝思い出〟であることに気づく。背筋のあたりがひんやりとしてあたりを見回すと、もうそこに隣人の姿はなかった。目の前に置かれたコーヒーの中に、自分の顔が映っていた。それはなにかに怯えているように見えた。

浅葉さんが帰ったら、思い出泥棒のことを話してみよう。きっと、まともに取り合ってはくれないだろうけど。

十月二日

天気が良かったので、川沿いの道を散歩した。ミルクのような甘い匂いがして目を上げると、橙色の小さな花が咲いていた。キンモクセイか、と声が漏れた。秋になると、この匂いは隣の庭からやってきた。いつも軒先に並んで座り、息を大きく吸い込んだ。

十月八日

浅葉さんと喧嘩をした。

理由はあまりに些細で、ここに書くほどのものでもない。そもそも覚えていない。

五分ほど言い合ったあと、浅葉さんはダイニングテーブルに座ったまま黙り込んでしまった。同じ空間にいたくなくて、私は寝室に入ってふすまを閉めた。

ドアが閉まる音がして、リビングをのぞくと誰もいなかった。浅葉さんはなにも言わずに出ていったらしい。

放っておこう。そのうち帰ってくる。そう思って家で待っていたが、二時間以上経っても連絡がなかったので、探しにでかけた。

浅葉さんが行くとしたら、駅のあたりか大学だろう。

駅まで歩き、周辺の店をいくつか見て回る。夕方の混み合った町を、浅葉さんの姿を求めて歩き回る。けれども見当たらない。

しかたなく電車に乗って、大学に向かう。日が暮れて、ひとけがなくなったキャンパスを歩き、彼の研究室を外から覗いたが、やはり見つからなかった。

すっかり体が冷えてしまったので、家まで帰ってきた。部屋は真っ暗で、浅葉さんが戻ってきた形跡はない。私を置いて東京に帰ってしまったのだろうか。そんなはずはない、と思い直す。

いてもたってもいられなくなり、駅前のスーパーマーケットに駆け込み、夕食の食材を買う。彼の好きなハンバーグやにんじんを甘く煮たものを作ってあげよう。きっとおいしいと言ってくれるはずだ。

食材がぱんぱんに入った袋を両手いっぱいにぶら下げてスーパーマーケットから出てくると、ドラッグストアが目の前にあった。そういえばティッシュペーパーが切れそうだった。眩しい蛍光灯に照らされる店内に飛び込む。

店頭にあったティッシュペーパーとトイレットペーパーを摑み、奥へと進む。棚からシャンプーや石鹼、洗濯洗剤に柔軟剤を手に取り抱えるようにして歩く。

これらを使い切るのにどれくらいかかるのだろうか。三ヶ月か、半年か。少なくとも、それまでは浅葉さんと一緒にいられるのだろうか。次のシャンプーを買う日がやってくるのだろうか。

両手に溢れるほどの荷物を抱えたまま、駅前にある花屋に入った。生花とそれを挿す花瓶を選ぼうとした時に、この町に来てからまだ一度も花を買っていなかったことに気づいた。

家に帰ると、浅葉さんが畳の上で横になり、テレビを見ていた。トリオのお笑い芸人が、聞いてないよォ、と体をよじる。

ははは、と彼が笑った。

去年流行したこのギャグでまだ笑っている。

あの隣人の姿を思い出した。スパゲティを頬張りながら笑っていたが、まったく楽しそうに見えなかった。もしかしたら、あの男は浅葉さんの未来なのかもしれない。

「百合子、ごめん」

テレビに目を向けたまま、浅葉さんはつぶやいた。彼は謝るのが下手だ。

「私もごめん。すぐごはんつくるね」

そう返事をすると、腕をまくり台所に立った。

十一月三十日

浅葉さんがお休みだったので、古い公会堂の地下食堂まで歩き、ふたりでオムライスを食べた。近くだし、いつでも行ける。そう思っていたら、半年以上が過ぎていた。

いつでも食べられるものに手を伸ばさなくなるのは人の性か、彼の質か。

最近、ほとんど二人で出かけていない。セックスもしていない。

十二月六日

母性というややこしい本能を、上手に乗りこなせない。

愛のような、憐れみのような、苦しみのような、この気持ちが私を動けなくさせる。

浅葉さんを見ていると、父性という言葉に当てはまるものをまるで感じないのに。

十二月二十四日

クリスマスの夜につくる料理の食材を買いに、三宮まで出かけた。買い物が終わった後、デパートの屋上にあるカフェでYとお茶をした。八月に彼女と偶然再会してから、たまに連絡を取り合うようになった。ふたりで会うのは三度目だ。

前も、その前も、架空の人生を話した。

近所付き合いの煩わしさ、運動会での息子の活躍、夫への愚痴、正月帰省の日取り。

Yと話していると、準備したわけでもないのに、すらすらと物語が生まれる。

夫とひとり息子との、決して豊かではないがささやかな幸せに包まれた暮らし。

「こないだ、マンションに空き巣が入ったんだよね」

時には本当のことを話したくなる。

「え？　ゆりちゃんちは大丈夫だったの？」

「うん。入られたのは一階だけで。うちは大丈夫だった」

無事で良かったね、とYがほっとした表情でショートケーキのいちごをつまむ。

彼女は感情が豊かで、彫りの深い顔のパーツすべてを使ってそれをあらわす。

「それが良くもなくて」

「どういうこと？」

「そのことがきっかけで、普段会釈くらいしかしてなかったお隣さんがやたらと話しかけてくるようになっちゃって」

私はいちごを避けるようにして、ショートケーキにフォークを入れる。いちごを最初に食べてしまえるYを羨ましく思う。

「そういうの面倒臭いよね。わたし大人げないなあと思うけど、エレベーターに誰か乗ってこようとすると急いでボタン押して閉めちゃうもん」

「私も、マンションですれちがった人と挨拶とかできない」

「わかる！　そういうことが普通にできる人ってちょっと信じられないよね」

でもそっちがちゃんとした大人なんじゃないの？　と私は笑う。そりゃそうだね、とYも口を押さえて大笑いする。ふたりでいると女子大生に戻ったような気持ちになる。ここが元から自分たちの居場所であるような。

「でもその空き巣、すごく変わってて。盗んだものが、写真のアルバムとか使い古した鞄とか、観光地で買って来た記念品とかだったらしいの」

「通帳とかお金は？」

「まったく手をつけてなかったみたい」

「なんか、むしろ怖いね」

Yは私が打ち返して欲しい場所に、きれいにボールを返してくる。浅葉さんにこの話をした時は、焦ってたんじゃないの？ とつまらなそうに返事をされた。

「そうだよね。思い出をとられたみたいで。そういうものが盗まれるって不気味じゃない？」

「うん。でもゆりちゃんはなにをとられたら困る？ お金とかは究極なんとかなるじゃない」

「日記は困る」

反射的に答えていた。もしこの日記が盗まれたら、私はどうなってしまうのだろう。これを読んだ人は、いったいどう思うのだろうか。

「確かに、一番嫌かも！」

Yが声を張る。日記書いてるの？ と私は首をつっこむ。彼女が頷くと、質問を重ねた。

「どんなこと書いてるの？」

Yの笑みが消えた。踏み込み過ぎたと気づき、私は紅茶に口をつける。彼女はいちごを食べただけで、まだケーキにまったく手をつけていない。店内では外国の少年合唱団による〝ジングルベル〟が流れている。

「ゆりちゃん……実はわたし好きな人がいて」

「それって」

「うん。完全に不倫。向こうも結婚してるんだけど、毎日のように会ってる。高校生みたいでしょ？　でも愛しているの。彼がいないと頭がおかしくなりそうなくらい。こんなこと誰にも言えない。だから日記に書いてる」

私も、と口から漏れた。私も、ピアノ教室の生徒だった人と不倫して、彼が単身赴任になるのをきっかけに、息子を置き去りにして駆け落ちみたいについてきて、六歳も年下の彼とここで隠れるように生きているの。

「私も、チャンスさえあれば誰かと恋に落ちたいよ。だからそういう気持ち、すごくわかる」

少し間をおいて嘘の同情を示すと、Yが口元だけで笑った。薄く開いた口から、ふふっと、空気が漏れるような声が聞こえた。あなたも正直に言えばいいのに、まだ嘘をつくの？　と蔑むような微笑だった。

少年合唱団の歌声を聴きながら、もう彼女と会うことはないのだろうと思った。

十二月二十五日

浅葉さんとのクリスマスパーティが終わった。

飲み慣れないシャンパンで酔ったのか、彼はすぐ寝てしまった。


ひとりで日記を読み返した。

この町での生活。浅葉さんとのこと。私の気持ち。

日記に書いていないことが、たくさんあることに気づいた。私はここにすら、本当のことを書いていない。


Ｙに対して最後まで嘘をつき通したように、ここでも私は嘘をつくのか。

ここには本当のことしか書きたくない。

日記で嘘をつき始めたらきりがない。

一月一日

浅葉さんと迎える誕生日。

正月に帰省しなくて大丈夫かと訊ねたら、論文がぎりぎりだから、と浅葉さんは答えた。

実際、年末もずっと大学に通って論文を書いていた。年度末までこんな感じが続くようだ。

今日も家でずっと机に向かっていて、夕方になってふらっといなくなったと思ったら、ケーキを買って帰ってきた。

「さんざん悩んで、最後はなに買ったらいいかわからなくなって」

と頭を掻きながら、一粒真珠のネックレスをプレゼントしてくれた。いつのまに買ってくれていたのだろう。照れ臭そうにジュエリーショップのなかにいる浅葉さんを想像したら、愛おしくてしかたがなかった。

私の誕生日は誰も忘れないけれど、いつも忘れられる。

だから、たまにはこういう誕生日があってもいいのだと思う。

一月五日

浅葉さんがいない部屋で、ひとりでジグソーパズルをしている。この三日間で、ニューヨークの自由の女神とインドのタージマハルを完成させ、今はロンドンのタワーブリッジに挑戦している。

いつかこの目で、実物を見る日が来るのだろうか。長い時間同じ建造物を見つめていると、もうすでに何度もそこを訪れているような気分になる。

夕方、本屋に寄った。

おばあさんは、いつものようにカウンターでラジオを聴いている。

アガサ・クリスティの文庫本を一冊買った。

『そして誰もいなくなった』。この小説を買うのは何度目だろうか。少なくとも三回は読んでいるはずなのに、いつも犯人を忘れてしまう。

帰りがけに花屋に寄って、一輪挿しの花瓶と、赤いチューリップを買った。

秋頃ここに来た時は、結局なにも選べなかった。けれども今日は、すんなりと買うべき花に出会えた気がした。

一月十六日

夕方、洗濯物を取り込んでいたら空が黄色になっていた。たんぽぽのような濃い黄色。遠くに見える工場地帯のクレーンがシルエットになって、影絵のように見えた。

今日も浅葉さんは、大学に泊まり込んで論文を書いている。

なんだか眠れなくて金魚鉢を見つめていると、カエデとモミジがぐるぐるとなにかに追い立てられるように泳ぎまわっていた。

明日、浅葉さんが帰ってきたら一緒にうなぎを食べにいこう。きっと疲れていると思うから。

＊

乱暴に体を突き上げられ、目を覚ました。天井の木目が歪んで見えた。慌てて体を起こしたけれど、嵐に襲われた船のように足元が揺らぎ、立ち上がることができない。ぎしぎしと部屋全体が軋む音がする。巨人の手に鷲掴みにされているようだ。

金魚鉢が床に落ちて割れた。焦げ茶色のフローリングの上を、真っ赤なふたつの魚体が跳ね回る。鈍い音を立てながら本棚が倒れ、本や雑誌が雪崩のように畳の上を滑っていく。ガラス戸から食器が次々と飛び出して割れた。壁にひびが入り、カビ臭い匂いが鼻をつく。

理解が追いつかず、恐怖を感じる暇もなかった。声も上げず、ただ掛け布団を頭にかぶったままじっとしていると、三十秒ほどで揺れが収まった。あわてて布団から飛び出し、窓を開ける。

音がなかった。人の声も、鳥のさえずりも、風が木々を揺らす音も。薄暗い窓の外の世界に目をこらす。眼下に見える線路が、ぐにゃぐにゃと波打っている。車庫に並んでいた電車が、プラモデルのおもちゃのように横倒しになり、線路の上に転がっていた。

浅葉さんがいない。時計を見る。五時五十分。明け方まで大学で論文を書いているはずだ。受話器を手に取り、研究室の番号を押すが繋がらない。彼は無事だろうか。何度もボタンを押したが、ツーツーという音が聞こえてくるだけだった。海辺のキャンパスが津波に呑み込まれる様が脳裏に浮かび、手にじわりと汗がにじむ。胃液がせり上がり、口元を押さえた。

ナイロンのコートを羽織り、外に飛び出した。ひびが入ったコンクリートの外階段を駆け下りて、駅に向けて走る。同じく家を飛び出して来た人たちが、パジャマ姿のままあてもなく歩き回っていた。

駅の改札を抜け階段を上がると、ホームの先で脱線した電車が蛇のようにうねって止まっていた。踵を返し階段を降り、線路沿いの道を大学に向かって走る。五駅分の道のり。歩いても一時間ほどで着くはずだ。コンクリートの車道が、らくだの背のようにもりあがっていた。中央分離線の上にひびが入り、塗料のオレンジがあたりに散らばっている。電柱がドミノのように倒れ、複雑に絡み合った電線が蜘蛛の巣みたいに空を覆っていた。

一階部分がぺしゃんこに潰れた家から黒い煙があがり、中から助けを求めて叫ぶ声が聞こえた。毛布で体をくるんだ老婆が道端に座り込んで、言葉にならない何かをつぶやいている。泣きわめく子どもを両脇に抱きかかえ、水を求めて公園を歩き回る男。足元ですすだらけの猫が、ダミ声で鳴き続ける。車道には崩れた家の瓦がなだれ込み、粉々に割れている。足元が悪く、走ることはできない。がしゃがしゃと、それらを踏み潰しながら歩き続ける。

徐々に音が戻ってきた。はあはあと切れる息、とくとくと早まっていく鼓動が耳元で響く。この町が音を発し始めたのか、自分の聴覚が戻ってきたのかわからない。

巨大な箱のようなものが目の前にあらわれ、行く手を阻んでいた。近づいてみると、五階建てのマンションが一階部分から折れ、道に倒れこんでいた。それぞれの部屋から飛び出した衣服や布団、洗濯機やエアコンが道に散らばっている。まるで生活が吐き出されているようだ。一階に入っていた工務店の看板がひっくりかえって、割れたコンクリートの隙間に刺さっていた。天地が逆になっているそれが、異国の象形文字のように見える。

マンションの脇にある細い路地に人がたかっていた。暗くてよく見えないが、人が引きずり出されているのがわかる。すでに息絶えているのか、赤い毛布が頭からすっぽりとかけられている。

激しく揺れているあいだ、布団のなかで縮こまりながら、自分がぺしゃんこになって死んでいる姿を想像した。ほら、言わんこっちゃない。父が私の死体を見下ろしながら言う。母はその隣でただ泣いている。かわいそうに、と繰り返す。

ああ、私のことをいったい誰が愛してくれるのだろうか。父か、母か、浅葉さんか。私が死んだ時、死体を見ながら誰が心の底から涙を流してくれるのだろうか。

目の前をネグリジェ姿の中年女性が横切った。

彼女の手にはリードがあり、柴犬を連れてひびわれた道を歩いていた。それがどういうことなのか、理解するのにしばらく時間がかかった。もうもうと上がる煙の中に消えていく後ろ姿を見送りながら、彼女が〝犬の散歩〟をしているのだと気づいた。狂った行動に思えた。けれども、こんな時でも人は変わらずに生きようとする。私が浅葉さんに会いに行こうとしているのも、彼女と同じことなのかもしれない。日常を変わらずに続けよと、心が体に指示を出している。

息を切らしながら歩き続けた。もう一時間はたっているはずだ。浅葉さんは無事だろうか。川沿いのテニスコートが見えてきた。もうすぐ彼に会える。ここを越えたら、彼の大学があらわれるはずだ。道の裂け目に足を取られながらも、歩みを早める。

灰色の空に朝日が昇ってきた。真っ黒な煙が太陽の光を遮る。地平が赤く染まっている。町が、人が、空が燃えている。

目の前に、横倒しになった巨大な高速道路の高架があった。

砂浜に打ち上げられた巨大な鯨のように、コンクリートの道が横たわっていた。五百メートルか、一キロか。太い鉄筋の支柱が根元からねじり取られたように折れていた。

傾いた道路の端には、トラックが十台ほど並んでいた。いずれも道から滑り落ち、街路樹に突っ込んでいる。最後尾にいたトラックの荷台からみかんが飛び出し、道に散らばっていた。横倒しになった道路の先に教会が見えた。割れたステンドグラスの窓の上にある黒い十字架が、傾きながら世界を見守っていた。

時が止まってしまったかのようだった。ＳＦ小説に出てくる、すべてが動かない嘘のような世界。そのなかを私だけが歩いている。

目の前には浅葉さんの大学がある。あと数分歩けば校門だ。もうすぐ彼に会える。けれどもそれ以上、足を進めることができなかった。息を切らしながら、立ち尽くした。潰れたみかんの甘酸っぱい香りが漂ってきて、私の鼻にたどり着いた。

気づくと、私はがれきの中で叫んでいた。

自分でもしばらくなにを叫んでいるのかわからなかった。ただ繰り返し、吐き出すように同じ言葉を繰り返していた。やっと、それが息子の名前だと気付いた。もう帰らないと。泉のところに帰らないと。喉が嗄れて咳き込んだ。ぬるい涙が頬を伝っていった。

いずみ……いずみ……泉！

真っ黒な煙で覆われた空の下、コンクリートのがれきのど真ん中で、私はひたすらにその名前を叫び続けていた。

11

プラスチックのスプーンにのせた濃い黄色のプリンを口元まで運ぶ。百合子は昔からカスタードが好きで、シュークリームやプリンが好物だった。生クリームが入っているような高級なものではなく、しっかりと卵の味がする素朴なもの。

なぎさホームの軒先では、うるさいほどに蟬が鳴き、犬がだらりと舌を垂らしている。その腹が激しく上下に動き、猛暑であることを告げていた。強い日差しが室内と外を、黒と白の世界にはっきりと塗り分けている。

餌を待つ雛鳥のように口を開けた。泉がその中にスプーンを入れるとぱくりと一口で食べる。

「おいしい？」

泉が訊ねると、百合子は小さく頷き微笑んだ。赤子のような笑みを見ていると、なぜか自分たちが親子であることを感じた。ねえ泉、とってもおいしいよ。そう繰り返す百合子の口元をタオルで拭きながら、自分が赤ん坊の頃、きっと母にこうされていたのだろうと思った。今はそれが入れ替わっているだけだ。

突然百合子がむせる。隣から香織がむぎ茶を入れたグラスを差し出した。ワンピースのなかにバスケットボールを入れたようにお腹が膨らんでいる。今月末には生まれると、産婦人科からは言われている。産んでからはしばらくお義母さんに会えなくなってしまうだろうから、と今日は泉と一緒になぎさホームを訪れた。

「ありがとう、二階堂さん。遠かったでしょう」

むぎ茶を飲み終えた百合子が、頭を下げる。

「母さん、香織だよ」

「そうそう。美久ちゃんね。少し見ない間にずいぶんと大きくなって。トロイメライ、ちゃんと弾けるようになったかしら？」

「だから香織だって。俺の奥さん」

「あらそう？　泉、よかったわね。素敵な人で」

そう言いながら、母は香織の手を握る。今日は珍しくよく喋る。ふたりで会いに来てくれるなんて嬉しい。美久ちゃん知ってる？　泉はね、お腹が空くと機嫌が悪くなって大変なの。

「ほんとうに困ってるんですけど、お義母さんはどうされていたんですか？」

香織が訊ねると、百合子は楽しそうに続ける。

「なんでもいいから食べさせればいいのよ。私はいつもごはんの前にバナナとかあげてたわ」

「そうですか。これからはバナナを切らさないようにしますね」

ふたりは笑い合う。ほんとに来てくれてありがとうね、と言う百合子の目の端から涙が溢れている。母はこの頃、毎日のように涙を流すらしい。

隣のテーブルには、ホームの入居者たちが並んで座り、ざるに入ったさやえんどうのへたを取って、銀色のボウルに入れていく。好きな歌手や、若いフィギュアスケート選手の話で盛り上がっている彼女たちは、仲良しの女子高生がそのまま歳をとったようだ。彼女たちの手さばきは正確で、次から次へと鮮やかな緑のさやがボウルに放り込まれていく。以前、手続きに関する記憶は簡単にはなくならないと言われたことを思い出す。動き続ける手を横目で見ながら、プリンをひと口、またひと口と百合子の舌の上に運ぶ。


この数週間で、百合子の症状はさらに進んだように見えた。

「お母様はまだお若いので、進行が比較的早いかもしれません」定期検診に来た担当医から告げられた。「でもお体はまだまだ元気ですので、たくさん話しかけてあげてください」

それから毎週日曜日に、なぎさホームに来て母と話すことにした。けれども入所してから百合子は、みるみる口数が減っていった。食事の選択や行動の順番などについて、提案されるものにイエスかノーを繰り返していると、限られた言葉で生きていくことができる。母が遠くに行ってしまうようで寂しい気持ちにもなったが、言葉を手放すことで考えることから解放されているようにも見えた。

皮肉なことに、コミュニケーションが成立しなくなってからのほうが母とうまく話せるようになった。あれほど母との会話が息苦しかったはずなのに、今ではとりとめなくも継ぐことができる。

「母さん、今月には子どもが生まれそうだよ。俺と香織、どっちに似ると思う?」

先週日曜日、昼食の後にまどろんでいる母に泉は聞いた。

「うん、そうだねえ」

母は返事のような寝言のような言葉を返した。

「俺って……父親に似てるのかな。だって、母さんと顔が全然違うじゃない?」

母と顔が似ていると言われたことがなかった。父の面影を、鏡に映る自分の顔に探したこともあった。ひとりごとのような問いを、うっすらと目を開けている母に投げかける。自分が父親になる前に、聞いてみたかったことを。

「俺の父親ってどんな人だった? 教えてよ。不細工だったのか、貧乏だったのか。嫌な奴だから別れたのか、それともなんか事情があったのか」

母さんは、その人のことが好きだった？　今でも忘れられない人はいる？　それらの問いに至る前に口を閉じた。あの日記を見たことを決して母に知られてはいけない。

「わたしは、あなたのことを愛しているわ」

百合子がぼんやりとした口調で、泉が言葉にしなかった問いに答えた。あなたとは、誰のことだろうか。泉の父親か、浅葉か、それとも泉も知らない誰かに向けているのだろうか。愛の記憶が失われていくなかで、最期に誰の姿を心に浮かべるのだろうか。

「俺……父親になれるのかな」

ずっと心の奥にしまっていた言葉が口を衝いた。

記憶の初めから今に至るまで、泉に父親はいなかった。憧れたり頼ったり、恐れたり憎んだりする相手がいなかった。その欠落を母とふたりで埋めてきた。ではいったい父とは何か？　得体の知れないそれに、今自分がなろうとしている。

自分の父親はどんな人間だったのだろうか。妻と息子を捨てて、逃げ出すような男だったのだろうか。だとしたら、やがて自分も同じようになるのではないか。母に答えを求めたが、百合子はふたたびまどろみの中に戻っていった。

「百合子さん、プリンおいしそうですねえ！」

所長の観月がやってきて、百合子の顔を覗き込む。母がさらに笑顔になるのを見て、なぎさホームに入れてよかったと改めて思う。芯が強く、明るい太陽のような観月の性格は、なぎさホームの魅力そのものだった。

「今日は泉さんも来てくれているし、ピアノを弾いてみましょうか」

「母がピアノを弾いてるんですか？」

泉が訊ねると、来月なぎさホームの音楽祭があるので、そこで披露してもらおうと思っているんですと観月は答えた。

母がピアノを再開していることに驚いていると、素敵ですね、と香織が額の汗をぬぐった。この場所は妊婦にはいささか暑いようだ。来月にはきっと生まれているから、赤ちゃんと一緒に来れたらいいね。

百合子は、職員の青年に手を引かれながらピアノの前にたどり着いた。青年はかがみこんで、椅子の高さを調節している。くせの強い髪の毛に、浅黒く筋肉質な体。独特の訛《なま》りがあるので出身を聞いたら、奄美大島から来たのだという。ちょっと抜けているけれど、子どものような笑顔をふりまきながらよく働く、俊介というその青年を母は気に入っていた。あの子はとても上手に三線《さんしん》を弾くのよ、と嬉しそうに話したことがあった。

「母の体調、どうですか？」

隣で百合子の後ろ姿を見つめていた観月に訊ねた。

母は先月、風邪を引いて熱を出した。

「もうすっかり回復されました。メンタルも安定されてますし、ひとり歩きもありません。まあうちでは外に出て行ってしまう方はほとんどいませんけれど」

「鍵をかけていないのに、誰も出ていかないんですね」

なぎさホームでは日中、ドアにも窓にも鍵がかかっていない。ちょっとした敷居や段差により、ここが居場所だと入居者が感じるように室内は設計されている。壁には先日遊びに来た小学生たちが、入居者たちと一緒に描いた絵がたくさん飾られていた。おとなも子どもも、健康な人も患者も、動物とか、なんならロボットとかも混ざって暮らしたほうがいいと、観月はよく話す。

「私たちは人間として居心地が良い場所をつくっているだけなんですけどね」

「それでも、いなくなったりすることはないんですか?」

たまにありますよ。いつの間にか後ろに立っていた観月の娘が、母の代わりに答える。

「そういう時はみんなで探します。幸いなことに小さな町ですし、このあたりの住民の方々が協力的ですぐに連絡をくれます。ここにいるよとか、あっちに歩いて行ったぞとか。この町全体で見てくれているという感じなので、助かっています」

張り出したお腹をなでながら香織が言う。

「本当にお義母さん、ここにきてから表情が明るいです」

でもさ、と不安が声になる。視線の先には、すっかり痩せてしまった百合子の背中があった。俊介に体を支えてもらいながら、たどたどしく鍵盤の感触を確かめている母。アップライトピアノがか細く、とりとめのない一音一音を響かせる。力強くグランドピアノを弾いていたかつての姿からはほど遠い。

「健康なのは嬉しいのですが、記憶はどんどん失われているように思えます。妻のことは完全に忘れてしまっているし、なにを言っているのかわからないことも増えてきました。そういう時に、母に話を合わせているのが嘘をついているみたいで辛いんです」

「話を合わせることは辛いですか？」

観月から問われ、泉は百合子の方を向いたまま答える。

「どこかバカにしているような気になります。子どもだまし、というか」

私はそうは思いません。観月の意志の強い声にはっとなり、彼女を見ると黒色の瞳がこちらに向けられていた。百合子が演奏を始める。グノーの「アヴェ・マリア」だった。ゆっくりと、記憶を辿るように適正な鍵盤を見つけて押していく。リフレインされる、聖なるメロディ。この曲を弾いている時は、厳しい先生からじっと指先を見つめられているような気分になると、かつて百合子が言っていたことを思い出す。

「娘が幼い時、私はいつも彼女に話を合わせていました」観月は百合子の背中に視線を戻す。「些細な発見から、とりとめのない意見、時には突拍子もない空想にも。でもそれが楽しかった。自分の世界が広がっていくような気がしたんです。きっと百合子さんも、あなたにそうしてきたんですよ。そもそも自分が想像できる世界だけで生きているなんて、息苦しくありませんか？」

百合子のピアノの演奏が始まると、白いシルクのブラウスにロイヤルブルーのスカートを合わせた老婦人がピアノの横に歩み寄って来て突然歌い出した。懐かしい童謡が、ピアノのテンポを意に介さず響き渡る。夕焼け小焼けの赤とんぼ、負われて見たのはいつの日か。

老婦人は、ヴィブラートの効いた歌声で「赤とんぼ」を歌う。ちぐはぐなメロディが重なり合っているのにもかかわらず、百合子の演奏は老婦人の歌声に引き上げられるように熱を帯びていく。ときどきつかえながらも、細い指で鍵盤を押し込む。ピアニストとしての習慣が、音とともに蘇ってきているようだった。老婦人は目を大きく見開きながら歌い続ける。山の畑の桑の実を、小籠に摘んだはまぼろしか。

「アヴェ・マリア」と「赤とんぼ」のセッションが濁ったハーモニーを響かせながら終わると、ロイヤルブルーのスカートをはためかせた老婦人が早足で近づいてきた。あなたを見つけたといわんばかりの射抜くような目を泉に向けている。拍手をしていた手を止めて、彼女に目を合わせる。

「あなたは今、幸せですか？」

唐突な質問に困惑したが、はい、と小さな声で答える。

「さらなる幸せを手に入れる機会が、今あなたの目の前にあります。まもなくこの世界は終わりの日を迎える。神が子どもたちを選び、約束の地に連れていくのです。そこには、悔いも苦しみも悲しみもありません。ただ永遠の幸せだけがあるのです。さあ、ともに行きましょう」

泉が困惑していると、百合子が彼女の後ろから声をかける。

「泉、峯岸さんはね、いちごをいつも最初に食べるのよ。わたし、羨ましいなあって思って。そういう風になりたいの」

峯岸が、百合子の方を向く。

「あなたは今、幸せですか？」

百合子が、峯岸に微笑む。

「ええ、幸せ。ここから船を見ているの。わたし今が一番幸せなの」

「あなたはとても美しい心をしている。私にはわかります。約束の地で、あなたは終わりのない幸福を手にすることができるのです」

「空き巣が来て、アルバムとペナントを持ち出したの。思い出を盗まれたわ」

「私たちと、新たな世界を創りましょう。あなたはきっと神に選ばれる」

「泉はね、ハヤシライスが大好きなの。綺麗なおはじきを取られないように、今すぐ作ってあげるから座って待っててね」

「悔い改めなさい。罪や咎も神は赦してくださいます。神は偉大で、寛容です」

峯岸と百合子の会話はまるで嚙み合っておらず、お互い自分のことだけを話しているように見えた。けれどもふたりの会話はいつまでも続く。互いに頷き合いながら。

「峯岸さんには、もう会いにくるご家族がいないんです」泉が考えていることを察したかのように觀月の娘が口を開いた。「宗教を続けているうちに離婚して、一緒に入信した娘さんも高校を卒業する頃には辞めてしまったそうです。ここにきた時には、ずっとひとり暮らしだと仰っていました。彼女には神様しかいないのかもしれません」

本当にそうなのだろうか、と泉は思った。そこには信仰の骸《むくろ》だけが残っている気がした。それとも記憶がなくなったとしても、彼女の信仰はかたちを変えて心の中にあり続けるのだろうか。

入居者と職員、泉と香織も含め全員で夕食を作り、長い木のテーブルに並んで食べた。サバの味噌煮、ひじきと大豆の煮物、近くの畑でとれたトマトのサラダとさやえんどうが入った味噌汁。食べ終える頃には、八時を回り、蟬の声も聞こえなくなっていた。隣では香織があくびを嚙み殺している。出産間近の妊婦の夜は早い。

「母さん、近々休みとるから、どっかいこうよ」

いつも帰り際に、百合子が寂しそうな顔をする。帰らないでほしいと懇願されたこともあった。泊まっていけばいいじゃないと。それ以来、次の約束を決めてから帰る。

「百合子さん。体調もいいし、泉さんとお出かけしたら？」

観月が母の腕を取り笑顔を向ける。彼女は、夜になっても明るい調子のままだ。その尽きない体力と気遣いに感心する。

「はなび……」

ピアノを弾いて疲れたのか、すこし眠そうな百合子が呟いた。

「花火？　いいね、花火大会行こうか」

泉がすぐさま答えると、百合子の言葉に続きがあることに気づく。

「はんぶんの花火」

「半分？　なにそれ？」

泉の問いかけに答えようと、百合子は懸命に言葉を探しているようだった。けれども適切な言葉が思いつかないのか、半分の花火、という言葉を繰り返すだけだった。タクシーがぱちぱちと砂利を踏み潰しながらやってきて、ふたりの会話を途切れさせる。

「母さん、じゃあ花火大会、調べておくね」

泉がそう言ってタクシーに乗り込もうとした瞬間、おぼつかない足どりで近づいてきた百合子に抱きしめられた。

「あいしてる」

微かに震えた声が耳元で聞こえた。それは誰にも聞こえないように、泉にだけ届けられた。泉を抱きしめる腕は、母親のそれとは違うものに感じられた。

香織が車内から見ている。気恥ずかしくなって、腕をふりほどいてタクシーに乗り込んだ。

暗い海と並走する車の中で、抱きしめられた時の母の匂いを思い出していた。花のように甘く、草のように苦い薫り。あなたはお母さんと同じ匂いがするわ。子どもの頃、布団の中で母に抱かれながら囁かれた言葉が蘇ってきた。


電車の中でずっと眠っていた香織は、家に着くなり、すっかり目が覚めてしまったとダイニングテーブルの上にノートパソコンを開いて仕事を始めた。メールボックスを開くと、返信しなくてはいけないメールが十以上あると悲鳴をあげた。

「妊婦がやる仕事量とは思えないな」

香織の体調が心配だったが、あえて冗談めかして言った。彼女は出産直前まで働くことにこだわっていたし、仕事が気分転換になっていることも知っていた。

「まあそうなんだけど、自分で決めた仕事だから、これだけはちゃんとやって産休に入らないと」

彼女がブッキングしたドイツの交響楽団のコンサートが再来月に迫っていた。来日に合わせた企画アルバムのレコーディングや、ポスターやチラシの制作が大詰めなのだという。香織は育児も仕事みたいにこだわっちゃいそうだよね、という真希の言葉が思い出される。

「そのお腹で打ち合わせに来られたら、みんなおっかなびっくりなんじゃない？」

泉は買い置きしていたペリエのペットボトルを開けて、氷を入れたグラスに注ぎ、ひとつをパソコンの横に置く。ありがとうと、香織は微笑む。

「そんな体で来なくていいよ、と正直に言われたほうが気が楽なんだけどね。いろいろ手伝ってもらえたりもするんだろうし。でも今は下手に気を使うとセクハラになっちゃうらしいから」

「ややこしいなあ。どっちが正解か決めてほしい」

「妊婦だろうが働けよというのは論外だし、とはいえ働くなというとセクハラっていうね。まあ結局はその女性がどう感じるか次第なんだけど」

会話を続けながら、香織はキーボードを素早くタイプしていく。あっというまに、半分ほどメールへの返信が終わっている。

「きっと俺の母さんなんかは、出産直前まで働いていたんだろうな。シングルマザーだったし、両親とも疎遠だったみたいだから。ひとりで産婦人科に入院して、俺のことを産んだらしい」

あの日記に書いてあった、出産の日のこと。百合子から直接聞いたことはなかった。

「お義母さん、心細かっただろうね」

「今考えると大変だったと思う。産んだ後も、ひとりで働きながら家事もしていたからね」

うんうんと香織は頷きながら、ふとなにかを思い出したかのように、パソコン画面から目を上げた。ペリエがグラスの中で発泡音を立てている。

「そういえば、お義母さんもお味噌汁残してたね」

さきほど夕食を一緒に食べた時、泉と百合子だけが味噌汁に口をつけていなかった。目立たないようにすぐ片付けたつもりだったが、香織の目には止まっていたようだ。


母の味噌汁を最後に食べた日は、朝から春の雪が降っていた。

母は泉が朝食を食べ終えるのを見届けると、そのまま家を出て戻らなかった。

五日間、泉はひとりで母を待ち続けた。時折ピアノの生徒が訪ねてきたが、何と言ったらよいかわからず居留守を使った。冷蔵庫にも冷凍庫にも食べるものがなくなり、残されたわずかな現金も底をついた朝に、テーブルの上に置かれていた母の手帳を開き、祖母の番号に電話をかけた。

子どもを置いて娘が出奔《しゅっぽん》したことを知った祖母は絶句し、夕方までには行くから家で待つようにと泉に伝えて電話を切った。祖母が来るまでの数時間の間に、泉は百合子との写真をすべてゴミ箱に投げ入れた。冷蔵庫に貼られていたもの、写真立てに入っていたもの、アルバムに収められていたもの、すべてを手当たり次第に捨てていった。

祖母は週に二度ほど家に来てくれたが、やっかいごとに巻き込まれたというようにため息を繰り返した。あくまで義務として、泉の世話をしているように見えた。泉はそのことを申し訳ないと思った。ひとりで息子を育てると決めたのにもかかわらず、それを放棄して逃げた母のことをみっともないとも感じていた。祖母もおそらく娘に対して同じような気持ちでいたのだろう。泉と祖母はみっともなさで繋がっていた。


一年後、百合子はなにごともなかったように帰ってきて、台所に立った。

あの日、味噌汁の香りで泉は目を覚ました。母が台所で、湯気の立つ鍋をかき回していた。祖母は脱力したようにソファに座り、テレビに流れる朝のニュースをぼんやりと眺めている。怒っているというよりも、安堵しているように見えた。

母が帰ってきた嬉しさも、いなくなったことに対する憤りも感じなかった。ただあっけにとられて、おはよう、とだけ言った。おかえり、が正しかったのかもしれない。けれどもその時、泉が選んだ言葉はそれだった。

　映画の編集のように一年間をカットして繋げば、継ぎ目なく同じシーンとして見ることができる。泉と百合子は、その編集を受け入れた。あの一年間をなかったものとして生きていくことを暗黙のうちに決めた。

　ふたりがそのことについて話すことはなかった。なにも変わらない、母との暮らしが戻ってきた。ただひとつだけ。その日の味噌汁に泉は口をつけることができず、百合子も椀を手にすることはなかった。それ以来ふたりとも、味噌汁を食べなくなった。

　母の家で日記を見つけてから、しばらく職場のデスクの引き出しに入れっぱなしにしていた。継ぎ目の中にあるものに目を向けたくなかった。仕事の合間に時折取り出しては二冊の黒い表紙を眺めた。

　１９９４と１９９５。いつか母が、あの一年間について話してくれる時を望んでいたことに気づいた。認知症になった母からそれを聞くことが、もはや難しいということにも。

　誰もいなくなった深夜のオフィスで一気に日記を読んだ。一回だけでは腹に落ちず、何度も読み返した。母の住んでいた町、小さな部屋、食べていたオムライスや飼っていた金魚、Ｙという友人に浅葉という男。百合子が泉を捨てて生きようとした一年間の情景を、はっきりと脳裏に浮かべた。あの震災の日の出来事とともに。

泉の元に帰ってきた母は、それから自分の時間と感情のすべてを息子のために捧げていた。恋をしている様子はなく、泉とふたりで生きていくことを疑わなかったように思う。母は一生かけて、あの一年分の贖罪をしていくことに決めたのかもしれない。

「泉、あったよ！」

向かいから香織の声がした。手招きされてパソコン画面を覗くと、すでにメールの返信を終えたのか、検索エンジンの画像検索結果が開かれていた。

検索窓には「半分の花火」。湖上に打ち上げられる花火の画像がモニターに映し出されていた。半円の花火が水面に反射し、全円を描く。上半分は現実の光、下半分は湖上の虚像。

「綺麗だな……」

泉が思わず声を漏らすと、

「諏訪湖祭湖上花火大会」

と香織が読み上げた。

12

「泉さん、ちょっといいすか？」

月曜日の定例ミーティングのあと、後輩の永井に呼び止められた。

「いいよ。じゃあここで話すか」

会議室に残ろうと思ったが、ドアの外を見るとノートパソコンを手にした社員が四、五人列をなしていた。

「だめすね。渋滞中です」

「早く解決してほしいな」

泉はため息をつき、廊下に出た。この会社における会議室不足は深刻で、部屋の空き状況で打ち合わせの日程が決まることも多い。

「でもいいことじゃないですか？」

「なんでだよ？」

「新聞社なんか最近打ち合わせが少なくなって、会議室ガラガラみたいですよ」

「まあまだ俺たちの方がマシだってことか」

そうですそうです、と永井は大ぶりのパーカーのポケットからスマートフォンを取り出し画面をタップする。

「しかしヤバイですよね。人間じゃなくて会議室のスケジュールが優先されてるって」

廊下の奥のドアが開き、レッスンルームから黒髪の少年が出てきた。ボイスレッスンだったのか、汗まみれで首にタオルを巻いている。どこかのレーベルが育成している新人だろうか。体は小さいが、ちぢれた前髪の間から鋭い眼光が見えた。

「どっか喫茶店でも行くか？」

泉が訊ねると、いいですよここで、と永井は廊下に据えてある赤いソファに腰を下ろした。座るなり、にやけた顔で声を落とす。

「そういえば泉さん、知ってます？　田名部さんのこと」

「大澤部長と別れたのか？」

「いや別れてないです。でも田名部さん、別の男と並行して付き合っているらしいんですよ。しかも社内」

「そんな近いところで？　それ大澤部長は知ってんの？」

黒髪の少年が目の前を通り過ぎ、トイレに入っていった。その横顔を見て、先月鳴り物入りでメジャーデビューしたシンガーソングライターであることに気づく。リストカットなどの自傷癖を赤裸々に綴った歌詞で話題をさらった彼は、渋谷駅前の路上ライブで千人以上を集めて一気にスターダムにのしあがった。

「大澤部長は知らないと思います。あの人、嫉妬深そうじゃないですか」

「田名部、危ないことするなあ……」

「まあでも、あれもこれも欲しいってのは田名部さんらしいし、ある意味好感持てますけどね。それにしても泉さん、相変わらずなにも知らないんですね」

永井が、スマートフォン画面を見つめたまま笑う。自分の鈍さに恥じ入るとともに、彼の耳の早さにも驚かされる。いつどこでそんな情報を手に入れているのか。

「泉さんのお母さん、体調どうですか？」

気づくと永井が、奥二重の目でこちらをじっと見ていた。話すべき話題を迂回しているのか、本当に母に興味があるのか、表情からは窺えない。

「悪くないよ。いいホームに入れたから良かったよ。でも認知症じたいは進んでるからさ。香織のことはもう忘れちゃっているし、俺のこともわかっていない時もあるし」

「どんどん幼くなっていく気がしますよね」

たしかに百合子と話していると、言葉遣いやふるまいが若返っているように感じた。記憶が逆流しているのかもしれない。

「このあいだホームに行ったら、帰る時急に抱きしめられてさ」

「へえ、そういうのなんか照れくさくないですか？」

「そうなんだよ。誰かと混同していたのかも。母さんだって女だったんだなと思ったりしたよ」ベンチに座っている母の姿が脳裏に浮かんだ。白い船を眺めながら、浅葉を待っている。「恋愛なんか想像もできなかったけど、よく考えたら母親ってひとつの顔でしかないんだよな」

「わかります。俺のばあちゃんも、そういうとこありましたもん」

永井が口を開くのと同時に、黒髪の少年がトイレから出てきた。シャツの袖が捲られており、両腕が露わになっている。自傷癖をうたっているわりに、腕は真っ白で傷ひとつなかった。

「ばあちゃん、遺産相続で揉めるのがわかってるのに遺書を残さなかったんですよ。認知症が進む前にと税理士や弁護士に散々言われたのに、最後まで書こうとしなかった。あまりの頑なさに、父さんとかおじさんたちは呆れてましたよ。でも、俺には理由がなんとなくわかったんですよね」

その真っ白な腕がKOEの姿を呼び起こした。渋谷の街を見下ろすホテルの部屋で、音楽を忘れてしまったと言った彼女。

「ばあちゃんは、遺書を書かないことで愛情を引き寄せていたと思うんです。そうすれば競うように息子たちがやってくる。母さん元気？　なんか欲しいものある？　どこか連れて行こうか？　そう言いながら通ってきてくれる。だから決着をつけちゃだめだってわかっていたんでしょう。でも結局、ばあちゃんは呆けちゃって遺産を巡って兄弟で大げんかになって大変でしたけどね。みんな与えた愛情の分を取り戻そうとするもんだから」

ＫＯＥが他社に移籍するという話を、先週耳にした。人の歌詞でもなんでも歌うって言ってるらしいよ。あれだけ自分の言葉にこだわっていたのに。

「どうやったら人間を創造できるんですか？」

ＫＯＥの囁くような声が、耳元で聞こえた気がした。

彼女の近況が気になってインターネットを検索すると、気鋭の人工知能研究者との対談動画がカルチャーサイトに掲載されていた。

「人工知能を作るということは、人間を創造するということなんです」と語る人工知能研究者が、ＫＯＥの質問に答える。

「コンピュータにひたすら記憶させるんです。将棋の人工知能だったら過去の棋譜を片っ端から」

「ということは、人間は体じゃなくて記憶でできているということ？」

ＫＯＥはみずから熱望したという人工知能研究者との対話に、目を輝かせているように見えた。

「そうです。だからもし僕が交通事故に遭って、体がすべて機械になっても記憶が残っていればそれは僕だと言える。でも体はそのままであっても記憶が失われてしまったら、それはもう僕ではない」

どうやって歌詞を書いていたのか、どんな気持ちで歌っていたのか。それらを忘れてしまった彼女は、もう〝KOE〟ではないのだろうか。渋谷のホテルで、まどろむような瞳で夜景を見つめる彼女の姿を思い出した。

「もしも人工知能に個性や才能を与えるとしたら」彼女は、対談の最後にひとりごとのように呟いた。「何かの記憶を失わせればいいんでしょうね。例えば、赤の記憶、海の記憶、愛の記憶」

確かに、人間の個性は欠けていることによって生まれるのかもしれない。赤の記憶がない画家が描く絵や、愛の記憶を失った小説家が紡ぐ物語はきっと魅力的なものになるのだろう。KOEが音楽の記憶を失った代わりに得たものは何か。彼女が紡ぐ歌を、また聴いてみたいと思った。


「やっぱり辞めるのか？」

無意識のうちに、言葉を発していた。

「泉さん、すみません」

永井はスマートフォンをポケットにしまい俯く。

「お前、仕事頑張るって言ってただろ」

「もう決めたんです。今日はちゃんと言わなきゃと思って」

「……そんな大事な話の時に、廊下のソファでいいのかよ」

泉が苦笑すると、

「別に会議室で改まって話すほどのことでもないですよ」

永井は笑みを返す。

永井が会社を辞めたいと言っていると大澤部長から聞いたのは、一昨日のことだった。他にやりたいことができた、というよく耳にする退職理由だったが、どうにも納得できなかった。永井の仕事は、これから面白くなるところなのに。

「泉さんて、ほんとなんも覚えてないすよね」考えていることを見透かしたように、永井が言う。「俺、最初から映像の仕事をやりたいって言ってたじゃないですか」

記憶を辿れば、そう言っていた気もする。どちらかというと、音楽より映画の方が好きなんですよね。ときどきそう口にしていたが、ちょっとした皮肉だと思って本気で取り合わなかった。

「オンガクのミュージックビデオを気に入った映画会社の人が誘ってくれたんです。映画ってプロデューサーが足りないらしくて」

「うちの会社でもアニメとか小さな映画なら作れるぞ」

「わかってます。でも一回勝負してみたいんですよね。田舎の両親でも観られる、シネコンでやるような映画。そういう映画のエンドロールに名前をのせたいんですよ。バカみたいですけど、そうすればなんか忘れられないのかなって」

気づけば、黒髪の少年の姿が廊下から消えていた。レッスンルームから、やたらと賑やかなギターとドラムの音が漏れ聞こえてくる。その陽気さは彼には似つかわしくないように感じた。

「わかった……大澤部長と引き継ぎについて話しとく」

「よろしくお願いします」永井はつばがまっすぐに伸びたキャップを取って頭を下げた。

「ちなみにあの人は、がっかりもしないと思いますよ。俺のこと好きじゃなかっただろうし」

「そんなことないよ。お前が来たばっかりの頃に言ったと思うけど、永井を引っ張ったのは俺じゃなくて大澤部長なんだから」

泉の言葉に、永井の瞳が僅かに揺れた。そうでしたっけ……すっかり忘れてました。

そう呟くと、目を隠すようにキャップを深くかぶった。

産婦人科の診察の帰りに、乳幼児グッズの専門店に香織と立ち寄った。

臨月に入った香織は常に体が重そうだった。必要なものを買って帰ると伝えたが、少し歩きたいと香織は言った。

紙おむつ、厚手のおしりふき、プラスチック製のよだれかけ、離乳食用のスプーン。細かく買い揃えてきたつもりでも、棚を見ていると買い忘れていたものが多いことに気づく。香織と話し合いながら細かくチェックして、出産にむけての帳尻合わせをしていく。店を一周してカゴの中を見てみると、母のために介護用品を買っていたのを思い出した。

土曜日だからか、レジには長蛇の列ができていた。よく考えてみると、特殊な人間たちが集まる場所だった。まもなく子どもが生まれてくるか、幼い子どもがいる人しかいない空間。多くは夫婦で来ていて、どこか浮ついた雰囲気を漂わせている。

「私……妊娠した時、正直嬉しくなかったんだよね」

それが、紙おむつのパックを両手で持ちながら横にいる香織の声だと認識するまでに、少し時間がかかった。

「このまま働けるのかなとか、お酒飲めないじゃんとか、海外旅行しばらく行けないなとか、そんなことばかり考えちゃって」

ママー、とか細い声が聞こえた。一歳か、二歳か。まだよちよち歩きの女の子が、泉と香織の左手にあるおもちゃコーナーをさまよっていた。ピンクのサンダルが、ぺたぺたと音を立てる。

「仕事を休むのが悔しい。今まで頑張ってきて、積み上げてきた実績とか人間関係があって、ようやく面白くなってきたのに。いないあいだに誰かに取られちゃうんじゃないかとか不安になった。男はなにも失わないし、ずるいよねえってあなたを恨んだりもした。でも泉もきっと、子どもができたって聞いた時、嬉しくなかったでしょ？」

虚を衝かれ、返す言葉を失った。香織から妊娠したと告げられた時、ただ呆然としたことを思い出した。喜びや希望もなく実感が湧かず、よかったね、と口に出すのが精一杯だった。なにそれ、他人事みたい。香織は口の端だけを上げて笑った。

「私は、泉のそういう感じに安心したの。ああ、これからふたりで一緒に親になっていくんだなって思った。あなたはうまく隠しているつもりだろうけど、考えていることがいつもバレバレで、疑ったりしなくていい。私はずっと両親が何を考えているのかわからなくて顔色ばかりを窺っていたから、そういう安心が欲しかった」

香織は列の先を見つめている。彼女の視線の先にあるレジが、ピッピッと規則正しい電子音を響かせている。

産婦人科のロビーで待っていた時、泉はソファに座る男女を見ながら、どうして子どもを産むのか、ひとりひとりに聞いてみたくなった。親になるということを、幸せだと感じているのかと。

「このあいだ、赤ちゃんを産んだばかりの真希に話を聞きにいったの。実際に子どもが生まれたら、あまりに愛おしくて辛いことがぜんぶ吹き飛んじゃう、みたいな話を聞きたかったわけ。そしたら彼女も、失うものだらけだって言ったの。時間もお金も、体力も知恵も全部子どもに取られちゃうって」

母を呼ぶ声が、湿り気を帯びていく。ピンクのサンダルを履いた女の子は両目から涙を流れるままにして、ママーママーと繰り返す。母親はどこにいったのか、泉はあたりを見回すがそれらしき女性は見当たらない。泣き声が耳に入らないかのように、隣で香織は話し続ける。

「やっぱりそうかって、すごくがっかりしちゃって」

「そうなんだ……」

「でも赤ちゃんにミルクをあげている時ね、とてもいい顔をしていた。真希、なんだか大人になったなって思った。そのとき気づいたんだよね。失っていくということが、大人になるということなのかもしれない」

そこまで言うと、香織は持っていた紙おむつを床に置き、泣いている女の子のもとに駆け寄った。頭をおそるおそる撫でるが、女の子は泣き止まない。どうしたらいいのだろう、と困惑した顔でしばらく女の子を見つめたあと、息を大きく吸い込み叫んだ。

「お母さん！　どこですか!?　迷子ですよ！」

けれども、母親は姿をあらわさない。香織が、手招きして泉を呼びつけた。

「泉、肩車！」

「え？　やったことない」

「いいから早く！」

肩車の指令に、泉は困惑した。いままでしたことはおろか、されたこともなかった。テレビで見たことがあるそれらしきものをイメージしながら、泉は女の子の脇の下に手を入れて持ち上げ、両足を肩にのせた。細いわりに女の子の体は重く、バランスを崩してぐらりと傾く。慌てて棒切れのような足を手で摑むとようやく体が安定する。目の前でつま先に引っかかったピンクのサンダルが揺れていた。

泉にとって生まれて初めての肩車だと知る由もなく、不意をつかれた女の子は肩の上ですっかり泣き止んでいる。お母さん！　どこですか！　香織の声が店内に響き渡る。それは今まで聞いたことのないような香織の叫びだった。別人にでもなってしまったかのような声だった。

背後から足音がした。ベビーカーにレジ袋を載せた女性が駆け寄って、泉の肩から女の子を抱きとった。娘の額に頰を強く押し当てながら、泉と香織に何度も頭を下げる。

物や言葉、記憶もすべて手放して、母はこれからどこに向かうのだろうか。女の子のつま先で揺れ続けるピンクのサンダルを見ながら泉は思った。

失っていくということが大人になるということなのかもしれない。

香織の声が、いつまでも耳の中で響いていた。

13

商店街を抜けて大通りに入ると、黄金色の夕日が目の中に差し込んできた。黒く影になった人波のなか、母の手を繋いで歩く。ゆっくりと、ゆっくりと。

赤、濃紺、黄色の浴衣を着た女性たちが、下駄を鳴らしながら群衆の隙間をすり抜け駆けていく。綺麗ね。白い浴衣を着た百合子が、目を細めて見送る。

湾曲した道に沿って並んだ屋台が、開店準備をしていた。店主たちが汗だくで屋根を張り、プロパンガスを調整し鉄板を置く。すでに整った屋台もあれば、まだ骨すら組まれていない店もあったが、店主たちはみな一様に高揚した表情をしていた。湖畔に立ち並ぶホテルの屋上には観覧席が設けられていて、いずれも人でびっしりと埋まっている。

どこからか太鼓の音が聞こえた。頭上に目をやると、灰色と水色が混じりあったような空。そのブルーの中に、照明機材を積んだ大きなクレーンが首を突っ込んでいる。クレーン車に挟まれるように設置されたテントの救護所には、花火が始まる前にもかかわらず数人の患者が運び込まれていた。

チケットで指定された桟敷席の入り口が見えてきた。母の手を引き、一段ずつゆっくりと階段を上がる。ホテルを出てから二十分近くが経ち、息が切れている。車椅子で来ることを勧めたが、百合子は一緒に歩きたいと言った。ふたりで歩くことも、もうあまりないと思い、彼女の言葉を聞き入れた。

階段を登りきると、目の前に楕円の湖が広がった。濃紺の波が静かに打ち寄せている。花火が打ち上げられる浮島には鳥居があり、神事が執り行われるような雰囲気を漂わせていた。水辺に沿って湖を囲むように観客が詰めかけ、対岸の先に連なる黒々とした山脈が大観衆を見下ろしていた。


白いテープで囲われた桟敷席に母と並んで座り、紺から黒へと変わっていく湖面をじっと見つめていた。七時ちょうど。花火大会の開会を宣言するアナウンスとともに、赤い花火が打ち上がった。炸裂音が立て続けに迫る。

間近で見る打ち上げ花火は想像以上の迫力で、母と同時に、わぁ、と声が漏れた。声が重なったことに気づいた百合子が、こちらを見て嬉しそうに笑った。いま同じように感じたね、と恋人に語りかけるような目をしている。

今年ヒットしたバラード曲が流れ、ハート形の花火が何度も打ち上げられた。歓声とともに、拍手が起きる。続いて有名なSF映画のサウンドトラックに乗せて、星を象った花火が空一面に広がる。UFO、蝶、カタツムリに四葉のクローバー。見たことがない形の花火が、次から次へと打ち上げられる。周囲の観客が片手にペンを持ち始めた。花火が上がるごとに冊子に数字を書き込んでいく。

「おばさん、諏訪湖の花火は競技大会だから」

隣に座っていた金髪の青年が、不思議そうに見つめていた百合子に冊子を差し出す。

「こうやって、それぞれの花火に点数をつけていくわけ」

口の中に並んだ金歯を見せてにかっと笑う。黒い浴衣には龍が刺繍され、解読することができない漢字が裾までびっしりとプリントされている。隣に座るガールフレンドも茶色の髪を結い上げ、お揃いの龍の浴衣を着ている。

「さっきのが茨城で、今のが長野。次が秋田で、その次は新潟。東京のもあるよ。全国の花火師が新作の花火を作ってここで競うわけ」

凝った意匠の花火が、花火製作会社名のアナウンスとともに打ち上げられる。すごーい、きれーい、今のすきー。青年のガールフレンドは、花火が上がるたびに高い声をあげ、点数を書き込んでいく。おまえ、全部百点じゃねえかよと金髪の青年が横槍を入れる。

「おばさんもやりなよ！　明日の新聞に審査員の点数が載るから、自分のと比べてみると面白いよ！」青年が、百合子に冊子とペンを差し出す。「俺たち、ふたりで一緒の紙使うからさ！」

一瞬うろたえつつ、ありがとう、と百合子は青年に微笑んだ。でも大丈夫。

「なんで？　おばさん気にしなくていいよ！　やりなよ！」

金髪の青年がぐいぐいと冊子を押し付けてくるので、泉が受け取って中を開くと、それぞれの花火のタイトルが一覧になっていた。百合子は覗き込んで、それらの文字をじっと見つめている。

「……どの花火が良かったのか、それが何色で、どんな形だったか。ぜんぶ忘れちゃう。だから、花火って素敵だなって思うの」

百合子は冊子を手に取り、金髪の青年に返した。気を悪くしたかと思い、泉が頭を下げると、なるほど確かに！　なんか深いね！　と青年とガールフレンドは、耳にいくつもつけたピアスを揺らしながら頷きあっている。そのあいだにも、花火は燃え続けていた。

ここのところ、母から「泉」と呼ばれなくなった。息子であることは認識しているようだが、名前を思い出せないようだった。百合子は何千、何万回と発してきた息子の名前まで失いかけていた。

言葉を失っていくのに比例して、百合子はよく眠るようになった。昼からベッドにうずくまり、動かずただじっとしていることも多い。睡眠時間はだんだんと延びている。ひだまりのなかで眠る赤ん坊のような百合子の寝顔が思い出された。

言葉を失い、名前を忘れてしまった時に、母のなかに自分のなにが残るのだろうか。

二十五名の花火師による新作花火の発表が終わった頃には、空はすっかり暗闇に包まれていた。点数をつけ終わった金髪の青年は、今年はやばかったな！　と興奮した様子で缶ビールを飲み干す。百合子はペットボトルのお茶を両手で握りしめたまま、波打つ黒色の水面をじっと見つめていた。

「いよいよラストは、諏訪湖名物、水上スターマインです！」

高い声のアナウンスとともに、大きな半円が目の前で光った。

しばらくの静寂の後に、地鳴りのような低く重い音が湖畔に響き渡り、観客席から歓声が上がる。水面ぎりぎりに次から次へと半円の光が花咲き、湖面が鏡のようにそれを映す。実像と虚像がつながって、ひとつの大きな円を描く。

「まさに百花繚乱のクライマックスです！」

水上に浮かぶ花火を見ながら、あの小さな家にある一輪挿しに生けられてきた花々が脳裏に浮かんだ。チューリップ、コスモス、紫陽花、向日葵、ガーベラ、マーガレット、椿、バラ、菜の花。ただ美しかったという思い出だけを残し、気づかぬうちに枯れ果て失われていった色。

目に涙を浮かべながら空を見上げる母の白い顔を、白、赤、黄色の閃光が照らし出す。ふと、どこかでこの景色を見たような気がした。いつの出来事だったのか。とても大切な光景。決して忘れてはいけない言葉。記憶を辿ってみたが、どうしても思い出すことができなかった。

押し流されそうな人混みのなかを、母の手を引きながら歩く。

「花火、綺麗だったね」

泉が声をかけると、

「……りんごあめ食べたい」

背後から少女のような声が聞こえ、泉の手が引っ張られた。振り向くと、百合子がかき氷とヨーヨー釣りに挟まれた、小さな屋台をじっと見つめている。藍色の暖簾に描かれた赤いりんごの絵。板状の発泡スチロールに、真っ赤なりんごあめが等間隔にびっしりと並んで刺さっていた。表面は飴に覆われていて、電球の光を受けてぴかぴかと光っている。ガラス細工のようで、それが食べ物だとは思えないほどだった。

「……つかれた。今すぐりんごあめが食べたい」

百合子の口元がそう動くのを見て、さきほどの声が母のものであることに気づく。花火を見ていた時とはまるで違う、幼児のような口調に泉は戸惑う。

「ちょっと人が多すぎるから、また後にしようよ」

そう言って、百合子の手を引いた。はやくこの群衆のなかから抜け出して、部屋を取っている湖畔のホテルに戻りたかった。

「いま食べたいの」

百合子は立ち止まり、促しても動かない。

「りんごあめいま食べたい、いま食べたい、いま食べたいの」

駄々をこねる幼児のように繰り返す。まわりを歩く浴衣の人々が奇異の目を向けていた。恥ずかしくなり、諫めるように母の耳元に口を寄せる。

「わかったよ……一緒に買いに行こう」

「……ここで待ってる」

母を置いていくことに少しの躊躇《ため》いがあったが、人に埋め尽くされた道を横断して屋台まで連れていくことは確かに難しそうだった。

「じゃあ俺が買ってくるから、母さんはここで待ってて。絶対に動いちゃだめだよ」

母を縁石に座らせ、人の流れに逆らって泳ぐように屋台に向かう。肩がぶつかり、肘が当たる。どこからか舌打ちが聞こえた。頭に来たが、迷惑をかけているのは自分の方だと苛立ちを鎮める。早くりんごあめを手に入れて、百合子のもとに戻らないといけない。何度も母の方を振り返りながら、屋台に向けて歩を進める。

たどり着いた時には、汗だくになっていた。一個三百円ね、と言いながら、店主は必死の形相をした泉をいぶかしげに見ている。ひとつだけで良いかと思ったが、母に付き合って食べようと思い直し二個買い求めた。千円札を渡し、りんごあめが刺さった竹串ふたつと、お釣りを受け取って振り返ると、母の姿がなかった。背伸びをし、座っていた縁石のあたりを見てみたが、どこにも見当たらない。

ああ、と弱々しい声が自分の口から漏れるのがわかった。やはり無理やりにでも、屋台まで一緒に来るべきだったか。そもそも母の希望を聞き入れずホテルに連れ帰るべきだったのではないか。いや、そんなことを悔やむ前に、母を探さないといけない。泉はみずからを奮い立たせ、ふたたび人混みのなかに体を捻じりこませる。

母さん！　背を伸ばし叫ぶ。その声も喧騒にかき消される。黒々とした頭が、暗がりのなかで波のように蠢《うごめ》いている。あの低い背丈では、この人波に埋もれてしまうだろう。母さん！　手を上げて！　返事はないとわかっていても、叫ばずにはいられない。

いくつかの黒い瞳がこちらに向けられた。突然叫び出した男を迷惑そうに見つめている。両手にりんごあめを持ちながら叫んでいる姿は、さぞかし滑稽に見えるだろう。今すぐ捨ててしまいたかったが、気が咎めてそのまま人混みをかき分け走り出した。

道に沿って並んでいる建物に片っ端から飛び込む。コンビニエンスストア、カラオケボックス、蕎麦屋に土産物屋。いずれにも母の姿は見当たらない。

あの、白い浴衣の、背の低い七十歳くらいの女性なのですが！　店員を捕まえ聞いて回るが、みなが首を横に振った。もしかしたら、ホテルにひとりで戻ったのかもしれない。ホテルに駆け込み、ロビーを走り回る。すれ違った従業員ひとりひとりに聞いてみたが、百合子を見かけた人はいなかった。

甲高いサイレン音が、裏から表へとねじれながら回り込んできて、直後に白い車が目の前の道を通り過ぎる。嫌な予感がして、玄関に駆け寄る。自動ドアが開くのを待ち切れずに、からだを差し込むようにして外に飛び出し、回転する救急車の赤いシグナルを追って走った。群衆が割れ、モーゼの「十戒」のように車の前に道ができていく。

救護所のテントの前でサイレン音が止まり、後部のドアが開いた。中から担架を抱えた救急隊員がテントの中に入っていく。ビニールのテントの入り口がめくれ、隙間からベッドに横たわる細い足が見えた。母さん！　あわててテントに駆け込むが、横たわっていたのはセーラー服姿の女子高生だった。救急隊員たちが驚いたように泉を見る。恥ずかしさを振り切るようにテントから出て、人がまばらになってきた車道をあてもなく走る。

母さん、どこにいったんだ。動いちゃだめだって言ったのに！　カラコロと、履きなれない下駄が乾いた音を立てる。

高校二年生の時に、年上の恋人ができた。

バイト先で知り合った女子大生だった。彼女は四国から上京してきて、ふたつ先の駅のそばにあるアパートにひとり暮らしをしていた。

泉くんかわいいね、うち遊びに来ない？　バイト終わりにふたりで食事をした日、部屋に誘われた。彼女の家で生まれて初めて酒を飲み、そのまま勢いでセックスをした。今日は泊まっていきなよ。彼女の言葉に従い、家に帰らなかった。

翌日の昼ごろに帰宅すると、母はおかえりとだけ言った。泉を責める言葉はなかった。百合子にはそれができないことがわかっていた。それからしばらくのあいだ彼女の家に入り浸った。三日も四日も家に帰らないこともざらだった。

付き合ってから、半年ほどがたった頃だろうか。一週間ほど彼女の家に泊まり続けた。「どこにいっているの？」戻ってきた泉に、ついに百合子が訊ねた。「誰といっしょなの？」

泉はずっとこの時を待っていたような気がした。

「よく言えるね？」用意していた言葉を返した。「母さんに、そんなこと言う権利ないよ」

しばらくのあいだ母は黙ってシンクの中を見つめていた。泉がソファに座りテレビをつけると、止めていた皿洗いの手を動かしながら、そうだねと呟いた。

翌週、泉はその女子大生と別れた。

甲高いブレーキ音がして、振り返った。目の前にヘッドライトが迫ってきた。思わず両手を前に出し、尻餅をつく。銀色に光るバンパーが、指の先まで迫ったところで止まった。地面に落ちて潰れたふたつのりんごあめが、ヘッドライトに照らされて光っている。ばかやろう！　怒鳴り声とともにタイヤがアスファルトをこする音が聞こえ、勢いよくバックした車は泉をかわすように猛スピードで走り去っていった。目の前が真っ白になり、ゴムが焦げる匂いがした。泉は車道にへたりこんだまま、しばらく動くことができなかった。

先週、なぎさホームで峯岸が亡くなった。息を引き取る直前まで、彼女の布教は続いた。神を信じるように、と説き続けていた。そうすれば、あなたは永遠の命を手にすることができる。

なぎさホームで、こぢんまりとしたお別れ会が執り行われた。孤独だった峯岸にも、昔はたまに通ってくる娘がひとりだけいたのだと、所長の観月が教えてくれた。その娘が、ある時からまったく来なくなったという。気になった観月が連絡をしてみると、娘はすでに交通事故で亡くなっていた。そのとき峯岸は娘がいることすら覚えてはいなかったが、娘が来なくなったことで峯岸の布教はより真摯《しんし》さを増したように見えた。

遠ざかっていく車のテールランプを見つめながら思った。もし今自分が死んだら、母のことを誰が語るのだろうか。嬉しいときに鼻の頭を掻く癖があって、少し焦がしたプリンが好きで、一輪挿しの白い花を愛していたこと。それらを知る人は、この世界にいなくなる。母は現実の死と同時に、記憶の中でも亡くなる。それはとても悲しいことに思えたが、歴史上の人物でもない限り、誰もがいつかはそうなっていく。


屋台からひとつ、またひとつと光が消えていった。百合子の姿を求めて、泉は蛇行しながら走る。光が失われていくのとともに、湖畔からひとけがなくなっていった。息が切れ、口の中がからからに乾く。額から汗が流れ落ちて目尻に入り、思わず立ち止まった。浴衣の袖で額を拭う。胸のなかで心臓の弁が高速で開閉しているのがわかる。足の親指の付け根に熱を感じ視線を落とすと、鼻緒が擦れて皮がむけていた。血の滲んだそれを見たら、突然焼けるような痛みが脳に届いた。いたっと声を漏らし、下駄を脱ぎ捨てる。

「あなたはいつも大げさなんだから」

子どもの頃から聞き飽きるほど言われてきた母の言葉。その優しい声が背後から聞こえたような気がして振り返ると、数十の屋台に囲まれた広場に百合子が立っていた。金魚すくいや射的、焼きそばに綿あめ、ヨーヨー釣り。広場に集まった屋台だけはまだ光を残しており、誘蛾灯に引き寄せられた虫のように人々が群がっていた。

カラフルなかき氷のシロップが並ぶ屋台の前に、百合子がいた。どの味を選ぶか悩んでいる少女のように、赤から緑、青、黄色と視線を移している。

「母さん！」

下駄を履き直し、足を引きずりながら駆けつける。

「あなたどこいってたの？　ずいぶん探したんだから……」

振り向いた百合子は、先ほどの場所から一歩も動いていないかのように、汗もかかず浴衣はなにひとつ乱れていなかった。心配したのよ、あなたすぐ迷子になるんだから。

「それは母さんの方だよ……」

ため息のように言葉が漏れた。拍動はまだおさまらず、耳の内側からトクトクと鼓膜を打つ。

「遊園地にいった時にね、あなた迷子になったじゃない。わたしがトイレからでてきたらもういなくて。またかって泣きそうになったわ。だって、わたしが目をはなすとすぐいなくなるんだから。そのたびに必死にさがして。でもね、わかってたの。あなた、探してほしかったのよね」

百合子は泉の手を取り、恋人のように指を絡ませて握った。かつては泉が迷子になり、今は母が道に迷う。こうして愛情を試す親と子であることを、今さらお互いに確認している。

「あなた覚えてる？　うちに引っ越した日、荷物がとどかなくて」

百合子が、白い指でいちごのシロップを指差す。泉が声をかけ三百円を支払うと、屋台の店主がガリガリと手動型の機械で透明な氷を削りだす。白いプラスチックカップの上に、雪のように氷が積もっていく。

「そうだったっけ？」

「引越し屋さんが間違えて、別のお客さんの家に荷物を運んじゃって。がらんどうの家で途方に暮れたじゃない」

中学三年生の夏、引っ越しをした。母が家にいなかった一年のすぐあとだった。その頃の記憶は曖昧で、うまく思い出すことができない。

山盛りになった白い氷を手渡される。店先に色とりどりのシロップが並んでいる。それぞれに注ぎ口がついていて、味を自由に選ぶことができた。いちごのボタンを押すと、鮮やかな赤がふわふわとした白を塗りつぶしていく。

「家具も食器もなにもないから、駅前のお蕎麦屋さんで食事して、商店街の八百屋さんですいかを切ってもらって、うちの軒先に腰掛けてふたりで食べたじゃない」

がらんどうの部屋に雑巾がけをして、暗い坂道をふたりで下った。蕎麦屋では母がきつねそばを、泉は親子丼と小さな蕎麦のセットを頼み、テレビから流れていた野球中継を見ながら食べた。大きなすいかを切ってもらい、庭の先に見えるレゴブロックのような団地の光を見つめながら、軒先に並んで座り頰張った。母の言葉が具体的になるにつれ、あの日の情景が蘇ってきた。

「母さん、荷物来ないね」

「ごめんね。今日中にはきっと届くから……」

「平気だよ」

「すいか、おいしいね」

「うん、おいしい」

「ごめんね泉、転校させちゃって」

家に帰ってきた母は、ことあるごとに謝るようになった。いつも安い服でごめんね。スーパーの惣菜ばかりでごめんね。旅行に連れて行ってあげられなくてごめんなさい。

「平気だよ」

「あたらしい学校で友達できるかしら?」

「もともとそんなに友達いないから大丈夫」

白い浴衣を着た百合子が、立ったままでいちごのかき氷をひとくち食べる。冷たい、と顔をしかめた。プラスチックのスプーンでもうひとさじ掬い、おいしいよ、と泉の口元に差し出す。口に含むと氷の冷たさとともに、いちごシロップの甘い香りが鼻にせり上がってくる。

「……半分の花火が見たい」

ふた匙目のかき氷を口に入れた百合子が、囁くように言った。

「え？」

聞き間違いかと思い、百合子の口元に顔を寄せた。

「半分の花火が見たいのよ……」

間違いではなかった。同じ言葉が繰り返される。

「母さん、いま見たばっかりだよ」

「ちがうの、半分の花火を見たいのよ。これじゃないの」

「なに言ってんだよ、確かにこれだよ」

「ちがうの。これじゃないの。半分の花火をあなたと見たいの！」

突然始まった即興劇を見るような目で、屋台の店主たちがこちらに視線を送る。湖上に打ち上がった花火のように、現実と空想の境目がわからなくなっているようだった。母の手の中でみるみる氷が溶け、赤い液体になっていく。

「母さん……お願いだからちゃんとしてくれよ」

「見たいの。見たい見たい！　半分の、半分の花火が見たい！」

「いいかげんにしてよ！」

思わず叫ぶと、百合子の手からかき氷のカップが足元に落ちた。冷たい水が飛び散り、母の浴衣にぽつんぽつんと赤い染みが広がっていく。百合子は震える手で泉の腕を摑む。失われていく記憶にしがみつくかのように、五指を食い込ませる。

「見つからないの……うさぎのぬいぐるみ。茶色くて、ふわふわしてて、かわいいの。どこかで落としちゃったのかな……おばあちゃんに買ってもらったのに」

急に子どものような声になり、泉の腕を引きながらうろうろと歩き回る。足元は歩き始めたばかりの幼児のようにおぼつかず、何度も転びそうになる。

「なまえはむーちゃんっていうの。さっきからずっと探しているのに、どこにもないの。お母さんに怒られちゃう。あなた優しいのね……いっしょに探してくれるのね。でも……」

とつぜん黙り込んだ百合子が、泉の顔を覗き込む。

「……あなたは誰？」

「いやだな……母さん、俺だよ、泉だよ」

母と目を合わせることができなかった。今起きていることから目を背けたかった。けれども百合子はさらに顔を近づけてくる。

「誰？　あなた誰なの？」

俺は誰なのか？　どう伝えればいいのだろうか。名前は葛西泉。あなたの息子です。三十七歳の男性。レコード会社勤務。好きな食べものはハヤシライス。卵料理も好物。味噌汁が苦手。社内結婚した妻がいて、まもなく子どもが生まれます。

果たしてこれらの言葉が、自分が誰なのかを証明してくれるのだろうか。

「あなたは……誰なの？　どうしてここにいるの？」

繰り返される問いが、母の家で見つけた備忘のためのメモを脳裏に蘇らせた。今の泉と同じように、あの頃の百合子は自分が誰なのかをみずからに問い続けていたのだろう。

屋台の電球に照らされて、母の真っ黒な瞳がビー玉のように光っていた。底が抜けたような黒に、いったいどんな人間が映っているのだろうか。

百合子が、取り巻く人々をゆっくりと見回した。その幼な子のような瞳を見て、母がついにそこに戻ってきたのだと泉は悟った。幼児にとって出会うひとすべてが未知で、誰であるのかわからないのと同じように、母にとってもすべてが見知らぬ人となった。

14

イルカ、海亀、くらげやエイ。壁一面に、海の生物が泳いでいる。

先週の土曜日、なぎさホームの入居者たちが近場の水族館で小学生と一緒にスケッチをした絵が飾られていた。クレヨンや色鉛筆で描かれたそれらはいずれも色鮮やかで、南国の海の中のようだ。

峯岸の代わりにやってきた新しい入居者は気性が荒く、介護士を怒鳴りつけることが多かった。彼はもともとデザイナーで、絵を描いている時だけは落ち着いているのだという。所長の観月のアイデアで、定期的にスケッチ大会をすることが決まった。このホームでは基本的に、難しい人にあわせてルールを決めていく。

午後の日差しが南国の海を照らしていた。部屋には入居者たちが集まり、ピアノを取り囲むように座っている。観客の合間を縫うようにゆっくりと百合子が歩いてくると、どこからともなく拍手が起きた。観月の娘と職員の俊介が、それぞれ両脇を抱え百合子を支える。綺麗にアイロンがかけられた白いブラウスにレモン色のカーディガンを羽織った母の目は、まっすぐアップライトピアノを見つめていた。泉のことも視野には入っていないようだ。ピアノの前に置かれた椅子にそっと腰掛け、感触を確かめるように鍵盤を指で撫でる。

最初の和音が、部屋の中に響いた。

なぎさホームの入居者たちが、固唾を呑んで次の音を待っているのがわかった。ピアノの横に立っている所長の観月は、祈るように手を組みながら母の横顔を見つめている。ひとつふたつと音を重ねる。しかしすぐに指が硬直し、メロディが止まる。また弾き直し、二度、三度と続けようとするが、音が乱れて続かない。これではない。百合子はみずからを責めるように首を横に振る。

仕切り直しを告げるかのように、あぁ、と百合子が声を漏らし頭から弾き始めた。一音一音を丁寧にゆっくりと積み重ねていくと、次第に楽曲の姿が見えてくる。シューマンの「子供の情景」、第七曲「トロイメライ」。あの小さな家で、何度も繰り返し聴いてきたメロディ。不安定なテンポながら、徐々にピアノの音がつながっていく。夢見心地なメロディが鼓膜を揺らした。「あなたはときどき、子供のようね」。母の日記で読んだ、シューマンに宛ててクララが書いた言葉が思い出され、胸が詰まりそうになる。

四小節の旋律が上昇と下降を繰り返し、メロディが複雑になっていく。ミスタッチが連続する。雪崩のように音が崩れて、不協和音が広がった。百合子は手先を見つめながら、恥ずかしさをごまかすように首をかしげる。背中は汗でびっしょりと濡れていた。

「なにこれ!?　どうしたの？」

入居者の孫だろうか？　母親の膝の上に座っていた少年が遠慮のない感想を口にした。慌てた母親が口をふさぐが少年は止まらない。百合子は椅子に座り直し、ふたたび演奏を始めたが、下手なのかな？　弾けてないよ！　とさらに大きな声がピアノの音をかき消すように響く。

しばらく集中して鍵盤に向き合っていた百合子が音もなく立ち上がり、両手で顔を覆った。悔しいのか、情けないのか、汗で濡れた背中が小刻みに震えている。見ていられなかった。もうやめさせてくれ！　と叫びたいが、観月はまだ何かを信じるように母の横顔を見守っている。この音楽祭では、一切手助けはしないと事前に観月から言われていたことを思い出す。百合子さんの、ありのままの演奏を私たちは聴きたいので。

静寂が訪れ、かすかな波音が窓の外から聞こえてきた。鈍い音とともに椅子がずれ、百合子が窓の方を向く。視線の先には、静かに打ち寄せる海が広がっていた。百合子はその群青を見つめたまま、人形のように動かない。

「ゆっくりでもいいから、止まらず弾きなさい」

まだピアノを習っていた頃、繰り返し聞いた母の言葉。ゆっくりでいいんだ、母さん。

心の中で繰り返しながら、痩せ細った母の横顔を見つめる。

静まり返った部屋に、波が寄せては返す音がメトロノームのように一定のリズムで響いている。百合子がストンと、なにかから解放されたように椅子に座った。肩が波の音に合わせてかすかに揺れる。四分の四拍子。子どもの頃から何度も見てきた母の後ろ姿。メトロノームに合わせて、ピアノの前で揺れながら拍を取る。

すっと息を吸うと、百合子は両手の指を広げ鍵盤を押し込んだ。今までにない、大きな音が天井に反射し、泉の耳に届く。

アドリブやアレンジはせず、譜面通り弾くのよ。

母が子どもたちに語りかけていた声が蘇る。百合子の指が懸命に鍵盤を追いかけている。楽譜の記憶ではない、彼女の人生そのものが曲を紡いでいるようだった。律儀で折り目正しい演奏。だが確かに、そこに秘めたる強さがある。

すっかり小さくなってしまった母の背中が、屈み込むように鍵盤に向かう。その体軀すべてを使ってピアノに立ち向かっている。次第に指先が素早く動き始めた。船が海の上に進水するように、音が滑らかに繋がっていく。

ああ、行ってしまう。

思わず目を閉じた。母との長い旅がもうすぐ終わる。百合子が演奏するトロイメライを聴きながら、はっきりと、海に漕ぎ出していく母の姿が思い浮かんだ。もうお別れなのだ。鼻の奥がつんと痛くなって、大きく息を吸い込んだ。

花の香りがした。

それは、かつての母の姿を蘇らせた。

あの日、神戸から帰ってきた日の夕方に、母はひとりでトロイメライを弾いていた。テーブルの上にある花瓶には一輪の百合が挿され、芳醇な香りを放っていた。窓から差し込んでくる橙色の斜光を浴びながら、母は長い夢を見ているかのようにメロディに合わせて体を揺らしていた。

分娩室に香織が入り、待合室のベンチにひとりで取り残された時、泉はどうしようもない不安に襲われた。もしも彼女がいなくなり、自分と子どもだけになったら、どうやって生きていけばよいのだろうか。母性はもちろん父性のかけらも、自分の中には見当たらない。そんな人間がどうやって親になればいいのだろうか。

産婦人科では同時にいくつかの分娩がはじまったらしく、看護師たちが慌ただしく歩き回っている。ドアが乱暴な音を立てて開いてはまた閉まる。それらとは不似合いな間抜けなシンセサイザーミュージックがスピーカーから鳴っていた。

結婚を予感したあの日、あの混み合った焼肉屋で、ＫＯＥの父親になりたかったと香織は言った。自分が知り得ない父性というものも併せて彼女に期待していたのかもしれない。でも痛みに耐えながら分娩室に入っていった香織は、心細さを隠そうとしなかった。彼女もどうやって親になっていくか悩み、苦しんでいるように見えた。

「お義母さんも、手探りで母親になったんだと思うよ」

最後の産婦人科検診を終えた後に、香織は言った。泉の目に映る百合子は、初めから母親であった。揺らぎや迷いを感じることはなかった。けれどもこの待合室のベンチに座りながら、ひとりで産婦人科に来た時の百合子が感じていたであろう、震えるほどの不安と孤独に触れることができたような気がした。

どのくらい時が経過したのか、看護師に呼ばれ分娩室に入った。熱気を帯びた部屋で、生まれたばかりの赤ん坊が、湯の中で真っ赤なからだを洗われていた。手足は丸まったままで、まだ泣き声ともいえない微かな声を漏らしている。香織の顔は蒼白で、出産が壮絶だったことを物語っていた。それでも彼女は、泉に笑顔を見せた。大きな仕事をやり遂げたような表情が、いかにも香織らしかった。

体を拭かれ、白いタオルに包まれた赤ん坊を手渡された。若草のような、甘苦い生命の匂いが立ちのぼる。赤ん坊のからだは柔らかく、少しでも力を入れたら潰れてしまいそうな危うさを感じた。ピンク色に染まった、小枝のような指に触れる。

赤ん坊が、泉の人差し指をぎゅっと握った。小さな体からは想像もできない力強さで握りしめ、大きな声で泣き始める。体を震わせながら、今ここに生きていると宣言するかのような泣き声を聞いた時、泉のからだの奥底から得体の知れないなにかがこみ上げてきて涙が溢れた。担当医や看護師たちが見ているただなかで、声を漏らし、恥じらいもなく嗚咽した。

自分を突き動かしたなにかが、父性なのかどうかはいまだにわからない。けれどもあの時、その拠り所のようなものを、ようやく自分の中に見つけられたのかもしれない。そのなにかを頼りに生きていくうちに、父になれる日がいつかくるのだろう。きっと、母がそうであったように。

拍手の音で我に返った。

演奏を終えた百合子が、椅子からゆっくりと立ち上がる。

振り返った百合子と目が合った。

その瞳は、久しぶりに母のものだった。思わず、母さん、と声が漏れた。百合子の唇が小刻みに動き、いずみ、と呼ばれたような気がした。

けれども鳴り響く拍手の音で、それを聞き取ることはできなかった。

水平線の先に沈んだ太陽が、海を紫色に染めていた。

熟れた葡萄のような紫を見ながら、駅のホームで香織に電話をかけた。お母さんどうだった？　うん、立派にピアノを弾いたよ。トロイメライだ。すごいね、お母さん。ああ、やっぱりピアニストだ。泉、今夜晩御飯どうする？　遅くなっちゃうけど家で食べようかな。肉じゃが作ったから食べる？　いいね、俺もなんか買っていこうか？　うーんじゃあ、トマト買ってきて。あと牛乳も。了解、帰りにスーパー寄る。あ、ひなた泣き始めちゃったから電話切るね、ごめん。わかった、急いで帰るね。

八月二十七日。葛西泉と香織に男児が生まれた。

体重は三四七〇グラム。名前はひなた。予定日から三日遅れての出産だった。

15

となりのおうちの庭から、そのにおいはやってくる。

ミルクのような、くだもののような、あまい花のにおい。とてもいいにおい。庭の前でたちどまってくんくんとかいでいたら、横に男の子がいた。おない年くらいだろうか。どこかで会ったことがあるような気がしたけれど思いだせない。いいにおいだよな。ちょっと照れながら男の子は言った。きっとひとみしりなのだろう。うん、いいにおい。わたしは答えた。どんな花なのかな？　そうきくと男の子はおとうさんの背丈くらいの木に咲いたオレンジ色の花をゆびさす。きんもくせいって言うんだって。ママがおしえてくれたんだ。きんもくせい、わたしは名前をわすれないようにくりかえし言ってみた。ぼくのママもきんもくせいのにおいがすきなんだ。わたしもすき。じゃあきみはママといっしょだね。男の子はうれしそうに笑う。わたしはオムライスをたべていた。むかいには男の子がすわっていて、テーブルのうえにはチューリップの花がある。まだつぼみひらいていない。たぶんここは男の子の家だ。けれどもすごくなつかしい。おかあさんとおとうさんはどこにいるの？　おかあさんは仕事、おとうさんはいない。チューリップの花はあっというまに咲いて、枯れて、花びらがテーブルに落ちる。こんどは、ひまわりの花がある。ひまわりもまたあっというまに花が開いて枯れていく。どうやらこの家では時間が早くすすむようだ。ハヤシライスがすきだけど、きいろいたべものもすきなんだ。オムライスをすくいながら男の子は言う。きいろいたべものって？　たまごやきだろ、バナナだろ、コーンスープだろ、さつまいもとか、カステラ、シュークリームのなかのやつ。それはカスタード、わたしもすき。じゃあやっぱりきみはママといっしょだ。きみとぼくとママはおなじものがすきだから、きっといっしょに暮らせると思う。でもわたしは帰らないと。どこに帰るの？　わたしの家に。それはどこにあるの？　そう言われると困ってしまう。わたしの家はどこにあるのだろうか？　いまはそれが思いだせない。思いだす方法を思いだそうと家をとびだす。まっすぐな道があった。どこまでもつづく道をあるいていく。くるまもバイクもなく、だれも人がいない。音もにおいもなにもない。ずっとあるいていくと道のまんなかで大きなクジラがねむっていた。まるいおなかが、ゆっくりと動いている。いってしまうの？　いつのまにかクジラのうえに座っていた男の子に呼びとめられた。いっしょに暮らそうよ。わたしは男の子と暮らしたかった。でもそれができないことがわかっていた。なぜならこれは生まれたばかりの赤ちゃんのわたしが見ている夢なのだから。まるでだれかの一生のような、ながいながい夢。しゃぼん玉がはじけるように夢からさめたら、わたしはベビーベッドのうえにいる。わたしはどんな夢を見ていたか思いだすことができない。夢を見ていたことすらわからない。もうお別れなの？　男の子がかなしそうな顔でわたしを見ている。わたしは答えた。もうお別れかもしれないし、これから出会うのかもしれない。

でも、あなたのことを愛しているわ。

＊

この埃はどこからやってくるのだろうか。

フォトフレーム、炊飯器、文庫本、花瓶からグランドピアノまで、ありとあらゆるものにうっすらと埃がかぶっている。

キッチンからリビング、寝室から玄関へ。ひとつひとつはたきをかけ、拭き、ダンボールに収めていく。本棚にある無数の楽譜。モーツァルト、ショパン、バッハ、ベートーヴェン、シューマン、ラヴェルにサティ。母が弾き続けた無数のメロディ。百合子のピアノの音色とともに、それらがリフレインする。

いくつかの記念写真、一緒に行った映画やコンサートのチケットの半券、旅先で買った釜飯の釜、誕生日にあげた腕時計、マグカップやネックレス。家主がいなくなり、すべてが色あせたように見えたが、記憶のなかでそれらが色鮮やかだっただけなのだろう。

なぎさホームにいた最後の数日、百合子はずっと眠っていた。朝から昼、昼から夜へと眠り続けた。そのすべてを夢を見ながら過ごしていたのか。夢のなかで時間と空間がでたらめであるように、母は現実とそれ以外の境目をみずからなくしていったのかもしれない。

「あけましておめでとうございます」

「誕生日おめでとう」

元日の誕生日をお祝いしてから六日後、肺炎をこじらせた母は眠るように亡くなった。息子が生まれても、元日は母とふたりで過ごした。それは数少ない、泉と母の約束だった。

火葬場で一時間焼かれ、百合子は真っ白な骨になって出てきた。カラカラと音を立てるそれらを竹の箸で集め、骨壺に入れていった。母親のすべてが収まった陶器の壺は、思っていたよりも軽かった。その軽さが、肉体が人を作っているのではないと泉に語りかけているように思えた。母が死んでから葬式が終わるまで、泉は一度も涙を流さなかった。母が喪われた世界を受け止めるには、しばらく時間がかかりそうだった。

六ヶ月後、ようやく買い手がついた母の家に行った。

壊れかけたクーラーの設定を一番低い温度にして、けたたましい蟬の鳴き声を背に受けながら丸二日かけて、ひとりで母のものを片付けた。使えるものをいくつかなぎさホームに寄贈した以外は、すべてを処分した。ひなたが生まれてからまもなく一年になる。おもちゃやベビーカー、洋服や食器など、みるみるうちにものが増えていき、百合子の遺品を置く場所はもはやなかった。名残惜しい気持ちもあったが、これでよいのだと、息子のもので埋め尽くされた部屋を見て納得した。

空っぽになった百合子の家で、ひとり床に寝転がって庭の先に見える団地の窓を見ていた。四角形の光をぼんやりと眺めているうちに、朝からやっていた作業の疲れがどっと押し寄せ、気がついたら眠りに落ちていた。

炸裂音が立て続けに響き、目を覚ました。

夢なのか現実なのかわからないまま身を起こすと、濃紺の空に白い花火が上がっていた。

「私ね、いつか花火が見える家に住みたいと思ってたの」

懐かしい百合子の声が、隣から聞こえたような気がした。

「偶然だけど、夢が叶ったわ」

神戸から帰って来た数ヶ月後、母は新しい土地で、もう一度ピアノ教師として働くことを決めた。新たな生活を始めることで、改めて母として生きようとしているのがわかったが、泉はまだ百合子の気持ちを素直に受け止めることができないでいた。

引っ越した日の夜、がらんどうの家の軒先でふたり並んですいかを食べていると、遠くの空に花火が打ち上がった。

それは目の前にある背の高い団地に遮られ、上半分しか見ることができなかった。低いところにある花火にいたっては音だけしか聞こえず、時折高く上がるそれだけが団地の屋上の縁から半分だけ顔を出す。

「きれいな花火……今まで見た中でいちばんきれい」

半円の光を見ながら、百合子が目を細める。

「半分しか見えないよ」

泉はすいかにかぶりつきながら背を伸ばし、少しでも花火が見やすい場所を探す。

「でも私にとってはいちばんきれい。今日あなたとふたりで、なにもないこの家から、半分しか見えない花火を見たってことが、とても嬉しいの」

泉もそれを美しいと思った。潤んだ瞳で花火を見つめる母の横顔も。

「いつも思うんだけどさ」

「なに？」

「花火ってなんか悲しいよね。終わったら忘れちゃうじゃん。どんな色だったとか、形だったとか」

「そうかもね……でも色や形は忘れても、誰と一緒に見て、どんな気持ちになったのかは思い出として残る」

そうでしょ？　百合子が泉を見つめ、その手を握る。

「うん……忘れないよ」

今日のことは、覚えていると思う。泉は半分の花火を見ながら呟いた。

「そうかしら？」

百合子は泉の横顔を見つめて微笑む。

「あなたはきっと忘れるわ。みんないろいろなことを忘れていくのよ。だけどそれでいいと私は思う」


ひとりぼっちの泉の前に、白、赤、黄色の花火が次々と打ち上がる。

いずれもが上半分しか見ることができない。二十数年ぶりに眼前にあらわれた半分の花火を目の当たりにして、あの時の母との会話をはっきりと思い出した。

「あなたはきっと忘れるわ」

母の予言が、耳元で蘇る。

母はずっと覚えていた。自分が忘れていたのだ。半分の花火は、こんなに近くにあった。それなのに母が最後に見たかった花火を、見せてあげることができなかった。

悔いと悲しみがいっぺんに胸の奥からせりあがってきて、泉の体を震わせた。声を出すこともできず、膝をついてうずくまった。苦しくて、呻くことしかできない。打ち上がる半分の花火が、母との記憶を次々と蘇らせる。言葉の代わりに涙が溢れ出てきて、泉の頬を濡らした。

母さん、ごめん。すっかり忘れてたんだ。

遊園地で迷子になった時、泣きながら抱きしめてくれたこと。仕事を終えてから徹夜で体操着袋を縫っていたこと。いつも自分のぶんの卵焼きをわけてくれたこと。誕生日プレゼントの花柄のポーチを必死に探し回っていたこと。運動会の時、ひとりで居心地悪そうにしていたけれど、誰よりも大きな声援を送ってくれた。ようやく思い出したんだ。母さんが忘れてしまう前に、ありがとうって言いたかった。卒業式の後、ふたりでファミリーレストランでお祝いをしたこと。野球観戦に自転車で連れて行ってくれた時の汗で濡れた背中。小さなかまくらの中で食べた熱いおしるこ。サプライズでくれたエレキギター。本当はちがうメーカーのが欲しかったんだけど、それでも嬉しかった。ふたりで行った旅行で、大きな魚を釣り上げた。あの時、母さんも生まれて初めての釣りだったんだよね。

あんなに嬉しかったのに、どうして忘れてしまったんだろう。

「明日から、新しい中学校だね。大丈夫？　ちゃんと行ける？」

花火が打ち上がるさなか玄関のブザーが鳴り、荷物が届いた。空っぽだった部屋は、あっという間にダンボールで埋め尽くされた。

「いけるよ。子どもじゃあるまいし」

泉はダンボールを開封しながら、明日使うものだけを取り出していく。制服、カバン、靴、教科書。

「学ランはそのままでいいの？　入学した時から着ているものだし、そろそろ新しいの買うわよ」

「いいよ、これで。でもさ、ひとつお願いしたいことがあるんだけど」

「どうしたの？」

膝に大きな穴があいた制服のズボンを、百合子の前で広げた。

「派手に破けちゃって。縫ってくれないかな？」

「あーあ、ひどい。どうしてこんなに？」

百合子はズボンを手に取ると、布地の裂け目に指を這わせる。

「いや、なんか送別プロレスを友達とやってたらビリビリって」

「なにそれ？」百合子は口を押さえて笑う。「でもこれ、直らないかも。穴も大きすぎるし、生地もボロボロだし」

「それでもいいよ。ボロボロで、穴だらけでも」

次々と打ち上がる半分の花火。泉と百合子が過ごした家で咲いていた数百の花のように、それが美しかったということだけを記憶に残し、やがて消えていく。

海からの風が、煙とともに火薬の匂いを運んできた。

にじむ視界のなかで光る色とりどりの半円が、かつての母の姿をいつまでも浮かび上がらせていた。

解説　母が手放し、息子が受け取る記憶

中島京子

人間は体じゃなくて記憶でできているということ？

小説の中で、メインではない登場人物の一人が人工知能研究者との対話でそう尋ねる。そうです、と人工知能研究者は答える。

人工知能を扱った小説はだいたい、多少なりともこの主題に触れないわけにはいかない。カズオ・イシグロの『クララとお日さま』もそうだったし、フランスのベテラン作家マルク・デュガンの意欲作『透明性』もそうだった。その人をその人たらしめているのが記憶なのだとしたら、それを滅びない体に移植すれば……。

でも、いったいどの時点での記憶を移植すれば、「その人」ということになるんだろう。記憶は日々変化する。まずだいいちに、失われていってしまうし、新たなものが付け加えられるし、夢や物語や他人の記憶と混じってしまう。

幸いなことに（！）『百花』の主題は人工知能ではない。

記憶を失くしていく老いた母親と、息子の物語だ。

小説はSF的なところなどぜんぜんなくて、回想やアルツハイマーの母親の混乱した脳裏に浮かぶ断片的な思念が混じるものの、リアリズムの視点で語られる。

でも、読んでいるうちに、ふと思うのだ。

認知症とはなんと、人間らしい病気であることかと。

AIがいつか、記憶の失い方をも模倣する日が来るだろうか。そんな機能は必要ないものとして、ビルトインされないのではないだろうか。効率よく記憶を整理する機能が装備されたとしても。

主人公の葛西泉はレコード会社で働く三十七歳の男性で、アルツハイマー型認知症を患った母、百合子は、シングルマザーとして彼を育てた。泉は香織と社内結婚し、もうすぐ第一子が生まれてくる。ストーリーは淡々と紡がれるから、記憶を失くしていく母の様子と、もうすぐ親になる泉と香織のとまどい、会社でもそれなりの地位にいる中堅社員である泉の、かなりストレスフルな仕事の描写などが、泉が思い出す幼いころの光景とともにつづられていく。三十七歳の生身の男性の抱える、静かな筆運びによる日常の描写が、この小説のリアリティを支えている。

たいていの人にとって、介護の現実はこんなふうに存在するのではないだろうか。

老親に直面するとき、自分は壮年で、仕事もしなければならないし、子育てにも追われている。もちろん人によって、人生のステージの時期がずれるけれども、介護のほかにやらなければならないことを持っていない、という人はあまりいない。だからこそ、たいていの人は、親に十分なことをできなかったのではないかという、慢性的なうしろめたさを抱えつつ、その事態に直面することになる。

だから、泉が仕事に追われて実家に行けず、ヘルパーさんに介護を任せきりにしていて、その間に母の病状が進行していく前半は、身につまされる思いで読み進む。「一気に進んだかと思えば、突然穏やかになったりもする」と医師が説明する病気の進行はまさにその通りで、家族はどうしても振り回される。それでも、母の病状が進めば決心して、仕事帰りに実家に行き、泊まり込み、記憶を失っていく母の行動にときにいら立ちながらも、せいいっぱい世話をする泉の姿にも、多くの読者が自分を重ねるだろう。失禁する母にシャワーを使わせ、徘徊したと聞いては駆けつけ、介護の現実はそう、ほんとうにたいへんだ。

泉は、母親思いの、そうした、ふつうの男性に見える。じっさい、そうだ。人に「ふつう」という決まりきった型があるわけではなく、人にはそれぞれ個性がある。親子のつきあい方も、十人十色だ。でも、時々、けっこう濃い母子関係なんだなあと思わされることがある。まず、冒頭、母と息子は二人だけで新年を迎えている。大みそかの夜に、泉は母が一人暮らす実家に戻り、紅白を観ながら年越しをする。元日が母の誕生日だからというのもあって、二人の恒例行事であるらしい。認知症を患うよりずっと以前から続く慣習なのだ。妊娠した妻を一人にしても、母と二人での正月を選ぶのだから、濃い関係といってもいいのではないだろうか。

それに泉の回想の中で、婚約を告げられた母親が泣きだすシーンがある。「ふたりで生きていくのに精一杯だった」「これからやっと、親子らしいことができると思っていたのに」と。息子が結婚するとなれば、心中おだやかでない母親はじっさい少なくないだろうけれど、しっかり者の母親らしく描かれるピアノ教師のシングルマザーは、のちのアルツハイマー患者の混乱ぶりとは別のところで、どこかちょっと奇妙さを漂わせている。

徘徊は認知症の中核症状ではなく、周辺症状だそうだ。認知症になれば直接的に徘徊が始まるのではなくて、認知症で認知機能に障害が起こったときに、なにかに触発されて、徘徊行動が起こる。だから、徘徊する人もいればしない人もいるのだけれど、一般には徘徊が認知症のシンボルみたいに思われていたりする。しかし、読み解くべきはなにに触発された行動なのか、なのだ。

百合子もやはり何度か徘徊をする。そしてそれは、彼女のとても深いところに結びついた行動らしいことが、小説を読み進むとわかってくる。百合子はいちばんはじめから、迷子になった息子を探しているのだ。小さい時の泉は、すぐに迷子になった。だからしょっちゅう百合子は、探さなくてはならなかったのだ。そもそもなぜ泉は、そんなに迷子になったのか。徘徊する母を探しながら、泉は幼い自分の記憶を引っ張り出す。あの頃、なぜ自分は迷子になったのだったか。だとすれば、年老いた母の行動は、なにゆえなのか。

小説の核心は、母と息子がつとめてなかったことにしている、ある、決定的な一年間の記憶にある。母がその記憶をも手放し、あるいはほかの記憶と混濁させていく中で、息子は封印していたものを見せつけられることになる。それも、施設に入った母のために家を整理していて見つけた、当時の母の生々しい手記、日記として。

この一年があるために、百合子と泉の関係は、とても独特のものなのだと読者は知らされる。奇妙な濃さと、どこかためらいがちな距離との、この母子のスペシャルな色が、くっきりと浮かび上がってくる。

小説の魅力は、母が記憶を失っていくと、息子に記憶が戻ってくる、その不思議なバランスが描かれているところだ。忙しく生きている壮年の人物にとって、幼い時の記憶なんて、そうそうよみがえってこない。けれどたしかに、親を失うと思うとき、いつか記憶の引き出しの奥のほうにしまい込んでいた何かが、澎湃《ほうはい》と思い出されてくることがある。あなたはきっと忘れるわ。そう、母が言ったことを、泉は思い出す。忘れたことを思い出す。母が忘れた、そのときになって。

認知症という病気はしばしば、ある人から唐突に人間性を消し去る残酷な病気のように描かれることがある。自分を忘れてしまい、親しい人のこともすっかり忘れ、人格が破壊され、人ではないものになってしまうかのように。でも、おそらくそうではないのだ。この小説には、それが、とてもよく描かれていると思う。人は、記憶を失っていく。でも、そのプロセスの中で、その個人は、痛いほど、悲しいほど、愛おしいくらいに、その人であり続ける。泉の母は、百合子は、無防備なむき出しの百合子になる。幼い百合子になり、若い母の百合子になり、自分のためだけに生きることを夢想したときの百合子になり、息子と二人で生きていくことを決断した百合子になった。百合子にあらわれた症状は、たしかに個人が記憶を手放していく過程なのだけれど、線香花火のようにぱちぱちと、いろんな顔を見せる百合子の晩年の姿から、泉はたくさんの記憶を受け取っていく。そうした意味で、老いた認知症患者はけっして、介護する側にとってむなしい空っぽの存在ではない。

いつか、泉も忘れてしまうだろう。思い出し、受け取ったはずのものすら、いつか消え失せてしまうだろう。それじたいは、誰にも引き継がれないものかもしれない。

でも、きっと泉は生まれてきた息子に、なにかを話すだろう。直接、母の話をしなかったとしても、泉と息子の間には、また新しいなにかが生まれ、語られ、それを泉は自分の記憶を手放すのと引きかえに、息子に思い出させるのかもしれない。

人間は記憶でできているのだという。

読み終わって、静かな温かいものが残った。


（小説家）

初出―月刊文藝春秋 二〇一七年一〇月号～二〇一八年一一月号
単行本――二〇一九年五月　文藝春秋刊

●取材協力（敬称略。肩書きは取材当時）

番町診療所表参道　院長・山田正文
鞆の浦・さくらホーム　施設長・羽田冨美江　羽田知世　石川裕子
あおいけあ　代表・加藤忠相
白十字ホーム　ホーム長・西岡修
注文をまちがえる料理店　発起人・小国士朗　三川泰子　三川一夫
大起エンゼルヘルプ　和田行男
Re-music　代表・桜井玲子　香川明美　掛札佳奈
ソニー・ミュージックレーベルズ　小山哲史
ソニー・ミュージックエンタテインメント　杉山剛
ピアニスト・金子詠美
九州工業大学　社会ロボット具現化センター特別教授　浦環
東京海洋大学　海洋電子機械工学部門教授　塚本達郎
神戸フィルムオフィス　代表・松下麻理
神戸市東灘区役所　まちづくり課　稲田憲樹　崎山武彦
神戸市立御影公会堂　事務長　杉本憲一
東灘消防団御影分団　伊藤繁夫　梶原昭子
村山メイ子　田中幸子　中西輝夫　磯辺康子
その他、数多くの方々にご協力頂きました。

最後に――祖母・中河芳子へ心より感謝の意を表します。

文春文庫

百《ひやつ》 花《か》

定価はカバーに
表示してあります

2021年7月10日　第1刷
2022年8月10日　第7刷

著　者　川《かわ》村《むら》元《げん》気《き》

発行者　大沼貴之
発行所　株式会社 文藝春秋

東京都千代田区紀尾井町 3-23　〒102-8008
TEL 03・3265・1211㈹
文藝春秋ホームページ　http://www.bunshun.co.jp

落丁、乱丁本は、お手数ですが小社製作部宛お送り下さい。送料小社負担でお取替致します。

印刷・凸版印刷　製本・加藤製本
Printed in Japan
ISBN978-4-16-791716-6

角田光代
空中庭園
京橋家のモットーは「何ごともつつみかくさず」……普通の家族の表と裏、光と影を描いた連作家族小説。第三回婦人公論文芸賞受賞、小泉今日子主演で映画化された話題作。（石田衣良）
か-32-3

海堂　尊
ゲバラ覚醒
ポーラースター1
アルゼンチンの医学生エルネストは親友ピョートルと南米縦断のバイク旅行へ。様々な経験をしながら成長していく将来の革命家の原点を描いた著者渾身のシリーズ、青春編が開幕！
か-50-2

海堂　尊
ゲバラ漂流
ポーラースター2
母国アルゼンチンで医師免許を取得したエルネストは新たな中南米への旅へ。大物らとも遭遇しつつ、アメリカに蹂躙される国々を目の当たりにして、武装革命家を目指す。（八木啓代）
か-50-3

海堂　尊
フィデル誕生
ポーラースター3
十九世紀末、キューバ独立をめぐる米西戦争でスペイン軍の少年兵アンヘルは仲間と脱走。戦後に財を築き誕生した子が〝幼き獅子〟フィデルだった。カストロ父子を描く文庫書下ろし。
か-50-4

川上未映子
乳《ちち》と卵《らん》
娘の緑子を連れて大阪から上京した姉の巻子は、豊胸手術を受けることに取り憑かれている。二人を東京に迎えた「私」の狂おしい三日間を、比類のない痛快な日本語で描いた芥川賞受賞作。

か-51-1

川村元気
四月になれば彼女は
精神科医・藤代に〝天空の鏡〟ウユニ湖から大学時代の恋人の手紙が届いた——失った恋に翻弄される十二か月がはじまる。恋愛なき時代に挑んだ「異形の恋愛小説」。（あさのあつこ）
か-75-3

加藤千恵
アンバランス
夫の性的不能でセックスレスの夫婦。ある日、夫の愛人を名乗る中年女が妻の日奈子を訪れ、決定的な写真を見せる。夫婦関係の崩壊はいつ始まっていたのか。妻は苦悩する。（東　直子）
か-78-1

（　）内は解説者。品切の節はご容赦下さい。

少年少女飛行倶楽部
加納朋子

中学一年生の海月が入部した「飛行クラブ」。二年生の変人部長・神《じん》ことカミサマをはじめとするワケあり部員たちは果たして空に舞い上がれるのか？　空とぶ傑作青春小説！　（金原瑞人）

か-33-4

螺旋階段のアリス
加納朋子

憧れの私立探偵に転身を果たしたものの依頼は皆無、事務所で暇をもてあます仁木順平の前に、白い猫を抱いた美少女・安梨沙が迷いこんでくる。心温まる7つの優しい物語。　（藤田香織）

か-33-6

虹の家のアリス
加納朋子

心優しき新米探偵・仁木順平と聡明な美少女・安梨沙。『不思議の国のアリス』を愛する二人が営む小さな事務所に持ちこまれる6つの奇妙な事件。そして安梨沙の決意とは。　（大矢博子）

か-33-7

トオリヌケ　キンシ
加納朋子

外に出られないヒキコモリのオレが自由を満喫できるのはただ夢の世界だけ——。不平等で不合理な世界だけど、出口はある。かならず、どこかに。6つの奇跡の物語。　（東　えりか）

か-33-8

億男
川村元気

宝くじが当選し、突如大金を手にした一男だが、三億円と共に親友の九十九が失踪。「お金と幸せの答え」を求めて、一男の旅がはじまる！　本屋大賞ノミネート、映画化作品。　（高橋一生）

か-75-1

天地に燦たり
川越宗一

なぜ人は争い続けるのか——。日本、朝鮮、琉球。東アジア三か国を舞台に、侵略する者、される者それぞれの矜持を見事に描き切った歴史小説。第25回松本清張賞受賞作。　（川田未穂）

か-80-1

杖下《じょうか》に死す
北方謙三

剣豪・光武利之が、私塾を主宰する大塩平八郎の息子、格之助と出会ったとき、物語は動き始める。幕末前夜の商都・大坂を舞台に至高の剣と男の友情を描ききった歴史小説。　（末國善己）

き-7-10

文春文庫　最新刊

御留山 新・酔いどれ小籐次（二十五）　**佐伯泰英**
「御留山」の秘密に小籐次は？　大人気シリーズ堂々完結

いけない　**道尾秀介**
写真が暴くもうひとつの真実。二度読み必至のミステリ

カインは言わなかった　**芦沢央**
失踪したダンサーと美しい画家の弟。驚愕の真実とは？

朴念仁 新・秋山久蔵御用控（十四）　**藤井邦夫**
久蔵の息子・大助に助けを乞う文が。依頼人は誰なのか

侠飯《おとこめし》8 やみつき人情屋台篇　**福澤徹三**
底辺ユーチューバー・浩司がテロ事件にまきこまれて!?

無防備都市 禿鷹Ⅱ〈新装版〉　**逢坂剛**
マフィアからは更なる刺客。警察内部でも禿富に制裁が

ラーゲリより愛を込めて　**辺見じゅん原作　林民夫映画脚本**
強制収容所で生きる希望を持ち続けた男。感動の実話

「死ぬんじゃねーぞ!!」 いじめられている君はゼッタイ悪くない　**中川翔子**
中高でいじめられた著者が、傷つき悩む十代に送る言葉

Au オードリー・タン 天才IT相7つの顔　**アイリス・チュウ　鄭仲嵐**
中学生で自学、起業、性転換—台湾政府で活躍するまで

怪談和尚の京都怪奇譚 宿縁の道篇　**三木大雲**
金髪の女、黒いシミ、白いモヤ—超人気怪談説法第5弾！

戦士の遺書 太平洋戦争に散った勇者たちの叫び〈新装版〉　**半藤一利**
日本人、国、家族とは何か？　28人の軍人の遺書を読む

魔術師の匣《はこ》 上下　**カミラ・レックバリ　ヘンリック・フェキセウス　富山クラーソン陽子訳**
生き辛さを抱えた女性刑事と男性奇術師が挑む連続殺人

靖国〈学藝ライブラリー〉　**坪内祐三**
かつて靖国はアミューズメントパークだった？　名著復刊